三流貴女拚轉運 上

風文創 1068

夏言 著

風文創 1068

目錄

序文 005
第一章 007
第二章 025
第三章 051
第四章 069
第五章 087
第六章 107
第七章 127
第八章 149
第九章 175
第十章 195
第十一章 219
第十二章 241
第十三章 267
第十四章 287

序文

夏言

從開始寫文至今我已經完成了許多作品，有古代的、有現代的，有感情為主、有事業為主，有穿越、有重生。穿越文寫了幾本，但這本是最獨特的，女主穿越到幾十年前，來到父輩的輝煌時代，自己所認識的長輩全都變得年輕了。

這篇文的靈感來源於一個問題。

某日閒來無事，我坐在窗邊看著外面的風景，腦海裡突然有了關於古代背景的言情文的靈感。我在想，一個沒落的侯府在輝煌時會是怎樣的？如果後輩回到了輝煌時，能否改變整個家族的命運。

後來我又想到，如果主角回到了多年前，當到了她原本出生的時刻，她是不是還會回到原本的時空。若是她回來了，那麼另一個時空的人是否還記得她？若是記得她的話，她的戀人又該如何面對這個沒有愛人的時空。

關於故事的結局，我本來是想寫個悲劇。不在相同時空的人無法繼續相愛下去，而等待了數十年的人也沒等來自己想要的結果。但後來又放棄了這種想法。我想，生活本就不易，何必讓看了小說的讀者們這般難受，不如寫個開心而又圓滿的結局。讀者開心，我也開心。

寫這篇文章時，中間也遇到了各種不順。有時寫著寫著就突然卡住，要花好久的時間才能想到該如何繼續這個故事。有時寫完又對自己寫的內容不滿意，反反覆覆的修改，直到自己滿意。而前後兩個時空的描述也要一一對照，不然邏輯上不合理。

雖然寫文的過程有些困難，中間也一度停滯不前，甚至想要放棄，但標註上「完結」二字的那一瞬間，卻感覺心裡空落落的。似乎，還有話想與主角說一說；似乎，還有內容沒有寫完；似乎，不想那麼快與這個故事告別。

寫文的過程總是充滿了苦與樂，我曾被文中有趣的片段逗笑，也曾為那些無奈與酸楚而落淚。我始終相信文字是有溫度的，小說裡男女主愛得專一而又濃烈，希望看這篇文的你也能開心快樂，感受甜蜜而又美滿的情感。

本以為這本書至此會畫上句號，沒想到文章完結沒多久出版編輯就來找我了。這讓我非常驚訝，也很是驚喜。這雖然不是我出版的第一本書，但對我來說卻有著不一樣的意義。既鼓勵了我嘗試新風格，又肯定我這幾個月的努力。

至此，這個句號不僅圓滿，而且閃閃發光。

在這裡，要感謝推薦我的編輯殊沐，謝謝您在百忙之中為我答疑解惑。感謝選中這本小說的出版社編輯，謝謝你們給我這次機會。也要感謝為這個作品修潤、校對文字的編輯們，謝謝你們！

第一章

文景二十二年，初春。

一夜細雨過後，春草漸綠，細軟的風吹暖了冷了一冬的紅磚灰瓦。宮牆屋角的琉璃瓦在晨光照射下，越顯尊貴。皇宮門口站著身著黃金鎧甲的護衛，手持黑桿紅纓槍，神色肅穆，一副生人勿近的模樣。

一牆之外，隔出一射之地的空地。除了身著朝服的大臣們陸陸續續上朝，無閒雜人等可靠近。朝臣們有坐轎子的，有騎馬而來。即便是馬蹄聲，在靠近城門之時，似是也感受到了皇家森嚴，離得越近，聲音越輕。

不遠處的城南，歸思巷。

這裡素來是貴人們聚居的地方，備受皇上重視的海國公府、去歲剛剛打了勝仗的平南將軍府，以及皇上一母同胞的長公主府，都坐落此處。

京城人都言，整個京城最尊貴的地方，除了皇宮，便是這裡了。

尋常人是不敢隨意靠近這邊的，即便是朝堂中的三品大員，沒有帖子，也斷然不敢冒然前來。從這裡走出去的下人們，也自覺高人一等。

然而，這裡卻有個例外。

在歸思巷的最北端，有一處面積不及海國公府三分之一的府邸，平安侯府。

旁邊的府邸從外觀看起來就氣派得很，磚牆年年翻新，時時打理。大門處的牌匾氣勢恢宏，門口站著的看門的護衛，也是個個配刀，威風凜凜。

至於平安侯府，外牆和屋瓦雖整潔，可多年未換，看得出斑駁的痕跡，門口的牌匾很是乾淨，但卻不像巷子裡其他三家一樣氣派。

說起平安侯府，很多年前，也曾是大魏國赫赫有名的府邸。那時，平安侯府還沒降級，是大魏四大國公府之一，名為安國公府。

安國公戰功赫赫，平定北疆，擊退鄰國，是武將之首。府中的子姪，個個能上馬打仗。滿朝的武將全都唯安國公府馬首是瞻。

安國公府門前車馬不絕，門庭若市，每日來拜訪的人不計其數。隔壁的平南將軍府尚不存在，是安國公府府邸的一部分。

花無千日紅。

國公府被降為侯府，朝中之人看著風向，每日前來侯府的只有三三兩兩。再過沒多久，老國公去世，大廈傾倒，侯府再次被打壓。至此，紅極一時的安國公府，沒落了。

雖仍叫侯府，卻連一些得臉的伯爵府也比不上。

處境甚是尷尬。

按說，國公府被降了級，理應搬離這裡，另選合規制的府邸。可今上不知怎麼想的，硬是讓侯府留在原先的府邸。只不過，把不合規制的殿舍改掉，更把府邸一分為二，三分之一給了侯府，三分之二建成將軍府。

一下子從頂級國公府變成相對窄小的侯府，還要眼睜睜看著從前屬於自家的院落變成他人的府邸，平安侯府眾人敢怒不敢言，甚是憋屈。

對此，京城人言，今上對蘇家厭惡至極，故意讓他們難堪。

以至於，人們把沒過多久老侯爺就去世一事，也歸到此事上面。

當然了，說侯府沒落，那也是相較於之前的輝煌來說。憋屈，是相比其他如日中天的府邸。若是從整個京城來看，平安侯府自然數不上前十，但去掉那些公侯伯府，再去掉朝中權臣新貴，前三十的府邸還是能數得上的。

此刻，一陣微風吹過，平安侯府南邊一處院子，桃花如細雨般落下，撒滿整個院落。

「春兒，妳個懶丫頭，還不快去把院子掃一下。」一個年約五旬的嬤嬤訓斥著小丫鬟。

「知道了，嬤嬤，我這就去。」春兒低眉屈膝應了下來。

「你們一個個的，別以為姑娘好性子，就敢偷懶了，趕緊幹活兒去！」

「是，嬤嬤。」

姜嬤嬤嘆了口氣，推開房門，走了進去。

隨著房門打開，能看得出來，這是一個姑娘的閨房。

房間內放著姑娘家的臥榻、衣櫃、梳妝檯、書桌、茶棋椅等等，還放著幾個花瓶、花架。

此刻，用著上等金絲楠木打造，雕著繁複花紋的床上，床幔向下垂著。隨著屋門打開，床幔被微微吹開了，隱約能看到床上躺著一名女子。

烏髮鋪滿了枕頭，眉細如柳葉，睫毛長而鬈翹，鼻頭小巧，唇不點而朱。此刻她睡得正熟，小臉微紅，活脫脫一幅佳人酣睡圖。

姜嬤嬤卻無暇欣賞這樣的美景。

瞧著床上一絲動靜也無，她皺起眉頭，快步朝著床邊走過去，聲音略顯急。「我的好姑娘，您怎地還在睡？」

一刻鐘前，她過來時是這樣，一刻鐘後，竟還是這般。

她家姑娘什麼都好，就是貪睡。叫醒了，又睡過去。

隨著她的話，只見躺在床上的姑娘秀眉微蹙，眼皮動了動，似是要醒了。

離得近了，姜嬤嬤的聲音放輕了一些。「姑娘，您忘了，今日是上巳節，咱們得進宮。侯夫人和三夫人已經在老夫人院裡了，大姑娘那邊也已經開始梳洗了。」

當然了，儘管她的聲音再輕，也不難聽出來話裡的焦急。

這話一出，蘇宜思終於睜開眼。

「現在是什麼時辰了？」慵懶而又軟糯的聲音響了起來。

姜嬤嬤把早已準備好的衣裳拿過來，一邊給自家姑娘往身上套，一邊道：「姑娘，卯時了。」

聽到時辰，蘇宜思秀眉微蹙。

「我的好姑娘，我知曉您平日裡不喜歡早起，可今日咱們得進宮，得早起。」姜嬤嬤解釋。

「不是巳正之前到就可以嗎，大伯母和娘怎地起這麼早？」蘇宜思接過姜嬤嬤手中的衣裳，自己穿上。

此刻距離巳正，還有兩個半時辰。他們就住在京城裡，馬車一刻鐘能到，轎子兩刻鐘也可到。加上梳洗用飯的時間，半個時辰足矣。

穿好兩層衣裳，姜嬤嬤扶著自家姑娘下床去漱洗了。

不過，姑娘剛剛那番話，說得她有些心酸。

「雖是如此，可進宮畢竟比不得旁的，幾時去都是有講究的。像咱們這樣的人家，須得早去一個時辰等著。」

越說，姜嬤嬤心中越難過。他們家姑娘長這麼大，竟然從未進過宮。想當年，國公府繁盛時，家裡的姑娘們雖說不是日日進宮，但也是遞個牌子就能去的。宮中大大小小的宴席，無一不請她們，她們也不必去得那麼早，提前個一刻鐘到就行了。

洗完臉，蘇宜思接過來丫鬟手中的帕子，擦了擦臉，把帕子遞給丫鬟。

她面上平靜，心中則是在想，進宮這般麻煩，她還是不去的好。

接下來便是梳妝。

在梳妝的同時，姜嬤嬤又交代了一番去宮裡的規矩。蘇宜思睏得頭快要低進胸前了，時不時點一下頭。

梳完妝，外頭又套了兩層衣裳。

姜嬤嬤看著面前的姑娘，滿意極了，笑著讚道：「姑娘長得真好看，今日定能讓那些貴人知曉咱們侯府的姑娘有多好。」

對於這話，蘇宜思不置可否。

打扮好，蘇宜思帶著姜嬤嬤去了正院。

蘇宜思的父親行三，如今的侯爺是蘇宜思的大伯。只因老侯夫人尚在，便沒有分家。行二的是庶出的，早已被老侯夫人分了出去。

蘇宜思到時，恰好在院門口遇到了大姑娘蘇宜家。

侯府中雖然住了兩房人，事實上人並不多。大房有一位嫡公子，三位姑娘，蘇宜家以及兩名庶女；三房僅有蘇宜思這一位姑娘，今日入宮的也只有她們這兩位嫡姑娘。

蘇宜家雖然早起了，但一直在打扮，衣裳、首飾都是精挑細選的，妝容也很精緻。

二人互相稱讚了幾句，朝著正院走去。

姊妹倆到時，老侯夫人、侯夫人、三夫人都已經在了。

昨日說好的卯正來正院，如今尚未到卯正，沒想到大家全都坐在這裡了。

蘇宜思生得好看，她一進來，彷彿整間屋子都亮了幾分，眾人全都看向了她。

教養使然，姊妹倆連忙跟在座的長輩們致歉。

「不打緊的，還不到時辰。」平安侯夫人吳氏笑著說道。她們之所以會來這麼早，是因為今日這事委實太過重要，時隔二十多年，他們侯府的女眷再次被邀請入宮了。

說罷，她還看了一眼坐在上座的老侯夫人周氏。

她這個婆母，向來偏愛老三家的閨女，每每見了她，都要抓著她說些話。今日婆母倒是沒開口。只是，在她看向婆母之後，才發覺婆母的異常。

「萱兒……」

吳氏知道，婆母這是把姪女當成早逝的女兒了。不僅她知曉，屋內眾人也知曉。

全侯府誰不知道，三房的那位姑娘，神似早逝的姑奶奶。老一輩的人，誰見了都要說一聲像。

蘇宜思連忙走向祖母，如往常一般，半蹲在她面前，握住她的手，輕聲道：「祖母，我在呢。」

年逾七旬的周氏握著孫女的手撫摸了半晌，才從回憶中抽離出來。她笑著對面前的孫女道：「是思兒呀，妳還沒用飯吧？快些吃，別放涼了，仔細鬧肚子。」

「欸，好，孫女這就吃。」

蘇宜家抿了抿唇，攥緊了手中的帕子。

吳氏見狀，握了握女兒的手，朝著她搖搖頭。

老侯夫人落坐後，其他人也落坐。本應兩個兒媳坐在她兩側，今日三夫人楊氏靠邊了一些，讓蘇宜思坐在老侯夫人身側。

蘇宜思吃東西時，周氏一會兒讓人給她遞湯水，一會兒讓人給她遞帕子，彷彿她是個不會用飯的稚子一般，照顧得很是妥帖。比楊氏這個母親，還要疼愛。

吃過飯，眾人歇了一會兒，便到時辰了。侯夫人吳氏，三夫人楊氏，帶著各自的女兒，坐上前往宮裡的馬車。

一上車，楊氏就交代女兒進宮事宜。結果，還沒說幾句話，女兒就趴在她懷裡睡著了。

楊氏前半生過得坎坷，苦了多年，才得了一個女兒，自然是寶貝得緊。見女兒睏了，便不再多言，只撫摸著女兒的頭髮，有一下、沒一下的。
她知曉，今日的上巳節是要為太子選妃。可她並不想讓女兒入宮，只想讓女兒嫁個尋常人家，快快樂樂、安安穩穩過一輩子，一輩子無憂無慮的。
而且，她的丈夫手中沒有實權，她又是個二嫁之人……太子的生母燕王妃意在選高門大戶之女，她的女兒也不可能入選。
等侯府的馬車到宮門口時，剛到辰時。可這會兒，比她們早到的人多得是，如今尚未到入宮的時間，前面已經排起了長龍。這盛況，真的是聞所未聞，見所未見。縱然是過年時宮中宴請女眷，也沒見大家有這麼大的熱情。
不過，細細一想，便知為何了。
宮裡已經三十年沒選秀了。
年過五旬的當今皇上衛景，一生未婚。
坊間傳聞，皇上一直在尋找一名姑娘。至於那名姑娘姓甚名誰，卻無人知曉。
今日將要選妃的太子，是衛景十年前病重時，從一母同胞的弟弟家選的。雖是太子，卻並未過繼。
蘇宜思並不知外頭發生何事，她一直趴在楊氏懷裡睡覺。直到楊氏輕輕拍了拍她，她才醒了過來。

「思兒，思兒。」

蘇宜思睜開眼，看向了面前之人。過了好一會兒，才回過神來，想起來自己身在何處。

哦，對，她今日起得特別早，要進宮了。

「整理整理衣裳，輪到咱們府了，該下車了。」楊氏柔聲提醒女兒。說話時，還幫女兒整理了一下頭上的蝶戀花步搖。

「嗯。」蘇宜思輕輕拍了拍臉，讓自己清醒過來，又低頭整理了一下衣襬和衣領。

趁著這個工夫，楊氏又跟女兒重複了一遍宮中的規矩。雖說她沒想過女兒被選上，但也不想女兒在宮裡惹事，命喪於此。

在宮裡，保命最要緊。

「母親放心，女兒都記住了。」蘇宜思鄭重說道。她雖然日常犯睏，常常迷迷糊糊的，但從不誤事。

瞧著女兒認真的模樣，楊氏笑著摸了摸女兒的頭髮。

整理好後，二人下車了。不多時，吳氏和蘇宜家也從前面的馬車上下來了。

下人們是不允許入宮的，四人便在宮門口接受檢查後，步入宮中。

一入宮，燦爛的陽光便被擋在外頭，蘇宜思瞬間感到一股壓力。抬頭一看，宮牆森森，像隻無形的手，在壓著人。

這種地方，還是少來為妙。聽聞她的祖輩，便是不小心招惹了宮裡的人物，至此門庭冷落。到如今，宮裡棄他們府如敝屣一般，從未招他們入宮，更是用窄小的府邸羞辱他們。

蘇宜思緊了緊身上的衣裳，低眉乖巧，跟著前頭的人繼續朝前走去。

一路上，楊氏側頭看了女兒多次，她怕女兒不懂宮中的規矩。見女兒一直穩穩當當的，便也放了心。

吳氏作為侯夫人，也一直看著女兒和姪女，楊氏曾進過宮自是不用她叮囑。她沒想到，嬌憨的姪女沒出錯，向來穩重的女兒倒是出了幾回錯，讓她覺得有些沒面子。好在楊氏也是老實之人，一句話沒說。

又朝前走了一段，終於沒了高高的圍牆，而是一大片寬闊的場地。因為尚未到時辰，眾人便駐足在這裡說了會兒話。

好看的皮囊雖然能讓人眼前一亮，但在這樣的場合，能讓人更多加注意的，是身分。

蘇宜家和蘇宜思站在一處，眾人多半在誇讚蘇宜家，至於蘇宜思，則是捎帶著的。

蘇宜思向來不在意這些，一直微笑著看著眾人，規規矩矩的站在蘇宜家身後。既不上前展露自己，也不說俏皮話討好人。她這般態度，倒是讓人高看了一眼。

長得好看又識規矩，這樣的姑娘誰不喜歡？

漸漸的，也有人問起蘇宜思來。

「四姑娘可讀過書？」

「只囫圇認得幾個字。」蘇宜思謙虛的說道。

吳氏看了眼楊氏，見楊氏似是感興趣，便笑著跟面前的侯夫人道：「我家四姑娘最是老實謙遜。三歲時，便與兄姊一起讀書，這幾年他們把該讀的書都讀完了，先生才不教了。」

雖說大家平日裡有些小摩擦，但都是一個府中的，吳氏作為侯夫人，也是希望姪女嫁入高門的。畢竟，姪女沒有兄弟，以後也能成為自家兒子的助力。

面前這位夫人的話，便是要給家中子姪相看了。

今日來了這麼多姑娘，哪幾家可能中，哪些沒希望，大家心中多少有數。像蘇宜思這種身分的，便是來陪跑的。可雖搆不上太子妃的身分，但嫁入國公侯爵府，還是夠的。

眾人說了一會兒話，時辰便到了。

婦人們被內侍引著去一旁的御花園賞花，未出閣的姑娘家則是去了另一處。那邊琴棋書畫，各種器具都齊全，也無人安排她們做什麼。這是既要看姑娘們的才藝，又要看姑娘們是如何與人相處的。

不用說，旁邊自是不知有多少雙眼睛正盯著她們。

蘇宜思本想跟蘇宜家一起，沒想到一到這裡，蘇宜家便捨了她，跟一位皮膚黝黑的姑娘站在一處，有說有笑。平日裡也沒見過蘇宜家跟這姑娘要好，沒想到這種時候會主動搭話，那笑容，看起來有些假，卻又很真。

不只蘇宜家，旁邊還有不少姑娘也是如此。剛剛在外頭等著入內時，她明明看到那姑娘對身邊的姊妹發脾氣，還差點打起來，這會兒卻露出最溫和的笑容。

到了琴旁，大家也都在口中互相謙讓著。

蘇宜思不知是自己人緣太差，還是大家都不認識她，沒人過來與她說話，她周圍漸漸空了。

這倒是她想岔了。眾人之所以不過來，是因為她長得好看，又白，站在陽光下，閃閃發光。誰跟她站在一處，都會襯得醜了。這種選秀的關鍵時候，誰會主動與她站在一處呢？

沒人愛幹這樣的事情。

好在蘇宜思早就知曉這次她不是主角，也不願展示才藝。看著這無數張假笑，她覺得有些倦了。她抬起袖子，悄悄打了個哈欠。

罷了罷了，不如找個安靜的地方休息一會兒。

趁著眾人不注意，蘇宜思悄悄往外走去，漸漸離開人群。她沒敢走太遠，繞過一旁的假山，看到一大片草地，草地上還有幾棵樹。

她走到樹旁，選了一棵最茂密，陰影最多的樹。把自己的帕子拿出來，鋪在地上，靠在樹上，閉眼休息。

蘇宜思本沒打算睡的。畢竟，這裡是皇宮，不比家裡。而且，她入宮後頗為緊張，心頭一直感覺壓著什麼東西。

可沒想到，剛靠著這棵樹，就不知怎地，睏意來襲，不知不覺就睡著了。

不知過了多久，一聲咳嗽聲響起。

蘇宜思想到自己身處何地，立馬驚醒。因她一直靠著樹幹睡覺，胳膊早就麻了，這一驚醒，整個人朝著草地倒了下去。

倒下去的瞬間，她眼角餘光看到一抹明黃色，不僅如此，上面還繡著五爪龍。

蘇宜思頓時驚醒過來，迅速從草地上起來，跪在地上行禮。

整套動作一氣呵成，動作迅速，連她自己都對自己這般迅速的反應感到驚訝。

不過，說出口的話卻還是暴露她此刻的緊張。「臣……臣女見……見過皇……皇上。」

事後，她想，這大概就是人求生的本能吧。

只因為皇帝掌握著天下人的生死。

對面的人沒說話。

隨著時間的推移，蘇宜思緊張到不行。她不會……做錯了什麼事吧？她不過是來樹下休息，也沒幹什麼吧？

可面前的人是皇上。犯沒犯錯，不是由她評判。

她今日不會要死在皇宮裡吧？不要啊，她還沒跟著父親去他最喜歡的漠北看看，還沒成親，她的人生才剛剛開始。

漸漸的，蘇宜思克制不住顫抖起來。

衛景起先遠遠瞧著有人靠在樹旁休息，心中怒意頓生。然而，看著跪在地上身子哆哆嗦嗦的小姑娘，又突然心軟了。

罷了。今日來宮裡的人多，想來是哪家不懂事的小姑娘吧。

「看園子的，都處置了吧。」衛景淡淡的說道。

「是。」

說罷，衛景便離開了。

蘇宜思知道自己保下小命，癱坐在地上。然而，看著皇上離去的背影，她又生出一股衝動。

她連忙站起來，對著皇上道：「這一切都是我的錯，皇上可不可以不要懲罰他們？」

今日的事情她明白了，那些人是因為她擅闖園子而被處置。她雖然惜命，可也不想因為自己的緣故害了別人性命。這樣，她一輩子都不會心安的。

這句話說得清晰又堅定，雖有些顫音，但比剛剛強多了。

衛景步子頓了頓，側頭看過去。

這一看，便怔住了，很快，他眼神中彷彿聚集起一場風暴。

「要罰，就……就罰我吧。」蘇宜思眼睛一閉，一副視死如歸的模樣。

「放肆！」一旁年輕的內侍衝著蘇宜思怒斥。

這小姑娘竟然敢對皇上這麼說話，誰給她的膽子。

被這麼一吼，蘇宜思哆嗦了一下，又跪在地上。

年老的內侍回過神來，先是給了年輕內侍一眼，又緊張得看向身側的帝王。

衛景張了張口，好半晌，才沙啞的問出一句話。「咳咳，妳是哪個府上的？」

這個時候，蘇宜思知道自己今日要完蛋了。她本不想說出侯府的，怕連累了本就不得聖寵的家族。可她不說，皇上也一樣能查出來，到時候結局怕是更慘，倒不如此刻坦白了。

「平安侯府。」

聽到這個回答，只見皇上身形一頓，似是站不穩了，一旁的年老內侍連忙扶住他。

他擺了擺手，拒絕了內侍。

「抬……抬起頭來。」

蘇宜思握了握拳，抿了抿唇，鼓起勇氣抬頭看向面前的人。

首先映入眼簾的是明黃色的龍袍，隨後是繫在腰間的玉珮。那玉珮不是龍的圖案，跟平日裡見過的不一樣，上面的花紋有些奇怪，像是一對中的一半。此刻不容她多想，緊接著她又緩緩抬頭往上看去。

終於看到皇上的樣貌。

蘇宜思很是詫異，她沒想到，皇上竟然這般……這般和善。雖然能從臉上看出來一絲病態，但也能從眉眼中看出來，年輕時，皇上定然是個俊美的男子。

可她從姜嬤嬤，以及侯府老人的口中，聽到的，都是皇上面貌醜陋，最是殘暴、最是記仇、也最討厭他們府。

可她覺得，相由心生，這位帝王並非像大家描述的一樣。

這回，衛景身形又晃了晃，內侍再次扶住他，這一次，他沒有拒絕。

皇上眼中的震驚之色過於明顯，而這種神色，蘇宜思今早剛剛在祖母那裡見過。算算皇上的年紀，再想想她那位素未謀面的姑姑的年紀，這二人，應當差不了幾歲。

難不成，皇上是她姑姑的舊識？

若真如此，是不是代表她今日要得救了？

「來人，把她抓起來！」一年輕內侍又道。

蘇宜思聞言怕極了。

衛景對著內侍抬了抬手，往前走了幾步，蹲在蘇宜思面前。

看著這張離得極近的臉，蘇宜思感覺自己快要暈過去了。

衛景看著蘇宜思，眼中震驚、困惑、失望，各種情緒交疊，又漸漸變得平穩。

「妳叫什麼名字？」再次開口時，衛景的聲音很是平和，彷彿剛剛激動的人不是自己。

對於這種反應，蘇宜思早已習慣了。近年來，她長開了，不少長輩見了她都會發呆、震驚，然後等看清楚她的相貌，又恢復如常。無非是發現了自己認錯了人，發現她不是她那位姑姑。想必，面前的皇上也是如此。

「蘇宜思。」

衛景聽到這個名字之後，眼神越發平靜。盯著她，許久沒說話。

很久後，就在她以為自己要被賜死了的時候，衛景突然笑了。

「好名字。」

第二章

說完，衛景站起來，轉身離去。

蘇宜思則再次癱坐在地上。

走了一段路後，內侍看著跪在面前的這些內侍、宮女，問：「皇上，這些人如何處置？」

衛景回頭看了眼緊張到癱坐在地的小姑娘，淡淡道：「放了吧。」

內侍垂頭應道：「是。」

他表面平靜，內心早已掀起驚濤駭浪。

這片園子是皇上的禁地，一直派人嚴加把守。可今日，本該守在這裡的內侍和宮女竟然去了別處，這可是犯了皇上的大忌。

這些人之所以去了別處，原因很簡單——今日宮宴是要選未來的太子妃。

一朝天子一朝臣，聖上還未駕崩，這些人便已經敢不把皇上放在眼裡了。

而皇上今日竟然放了這些人。

更讓人震驚的是，連太子也不被允許靠近的地方，有個侯府姑娘在這裡待了許久，皇上竟然沒生氣！

待皇上走後，留了一條命的內侍和宮女紛紛過來，跪下感謝她。

蘇宜思可不敢當。

雖說這些人玩忽職守，沒守在該守的地方。可說到底，這事還是怪她。若是她不來這邊，也不會發生這樣的事情。

不過，她倒是覺得，皇上可真是個心軟的人，不然，肯定不會原諒這些人的。

只不過，她今日能留下一條小命，多半是她那位姑姑的緣故，蘇宜思在心中又感謝了一番。

有了這一遭，蘇宜思可不敢亂跑了，連忙回到人群中。

等到午時，宮中留下一些女眷，剩下的便請出宮去了。楊氏和蘇宜思就在被請出去的人裡，而吳氏和蘇宜家留了下來。

出宮時，大家都顯得沈默許多，不像入宮時那般興奮。

見女兒心事重重，楊氏有些擔憂的看了她一眼。她想出聲安慰女兒幾句，可這會兒人多口雜，不便說話，便想著，等上了馬車再說。

結果，剛上馬車，她安撫的話還沒說出口，女兒就癱坐在榻上，長長的舒了一口氣。

「總算是出來了，嚇死我了。」說著，蘇宜思摸了摸自己的胸口，又喝了一口茶。

聽到這話，楊氏便知自己想錯了，女兒並不是因為沒被留在宮中而難過，反倒是因為離開了宮裡而安心，悶悶不樂，那是給嚇的。

楊氏還是照例問了女兒，分開之後，可有發生什麼事。

蘇宜思想了想，怕楊氏擔心，沒把剛剛發生的事告訴楊氏，打算把那件事情爛在肚子裡。

畢竟，說出去對她沒有任何好處，只會增添親人的擔憂。

楊氏也沒多想。

回到府中，吃過午飯，蘇宜思就去補覺了。

蘇宜思安心睡覺了，此刻皇宮裡卻不平靜。

大殿中，跪了數十人。

一名內侍正原原本本複述今日園中發生的事情。「回稟皇上，今日的事情就是這樣。」

外人闖入園子中，看似意外，卻含有必然。

衛景答應蘇宜思不處罰幾名看園子的下人，卻並未答應不處罰其他人。

殺雞儆猴。

首先處置的便是管事的，但凡涉及到這件事情中的大小管事，一併都處理了。

天子的威嚴不容人怠慢，即便是年老體弱，也得讓人知曉，誰才是這宮裡的主子，誰才是萬民的天。

不多時，殿內恢復了平靜。

「咳咳。」

除了偶爾傳來的咳嗽聲，再無其他聲響，越發顯得殿內寂靜。

許久，一個蒼老的聲音響了起來。「阿嚴，你說，是不是她……」

嚴公公，是衛景最信任的內侍，從五、六歲起就跟在衛景身側，一陪就是近五十年。衛景所有的事情他都知曉，對衛景忠心耿耿。

自從剛剛見到蘇宜思，不說衛景，嚴公公內心也頗不平靜。

他雖從未見過那位姑娘，卻見過皇上畫的肖像。那肖像他也看了多年，今日一見，彷彿那姑娘是從畫上走出來一般。

不過，皇上從年輕時就在找這位姑娘。算起來，那姑娘今年應該也得年過四十了，不可能是今日的年輕模樣。

可那姑娘已經成了皇上心中的一個執念，他若說不是，難免會讓皇上心生難過。而按照皇上的性子，心中也定然知曉這位姑娘不是皇上要找的舊人。於是，便道：「老奴不知。」

衛景靠在龍椅上閉上眼睛，靜默許久，道：「去讓人查一查，咳咳。」

「是。」

這邊的事情衛景並未讓人隱瞞，宮中眾人很快便知曉了此事，留下來的女眷也變得戰戰兢兢。畢竟，今日她們來此是為了選太子妃，而在今日，太子那邊的勢力又被皇上處理了。她們若是被選中了，也是太子一方的勢力。

沒人再有心情選秀。太子生母燕王妃臉色難看得很，沒過多久，便讓人都回去了。

蘇宜思這一睡就是一個時辰，近申時才醒了過來。

得知父親回來了，蘇宜思收拾一番，去父母院中請安了。

剛一進小院，遠遠的，蘇宜思就看到父親正握著母親的手，一臉深情的望著母親。兩個人的年紀加起來已經近百歲了，還能有這樣好的感情，屬實不易。

蘇宜思的父親是侯府的三爺，蘇顯武，如今已經年過五旬。楊氏，今年也已經近五旬。他們二人膝下，只有蘇宜思這一個女兒。

之所以會如此，是因為蘇顯武和楊氏二人都不是頭婚，是二婚。蘇顯武本就成婚晚，三十左右時，再娶了楊氏，二人之間有著諸多波折。

看著父母頭上的白髮，蘇宜思無數次想，若是當年沒有那麼多波折，父親、母親一開始就是彼此的婚配對象，該有多好。這樣，兩個人就能少受一些世人的指指點點，也能多陪伴彼此幾年。

總好過現在，父親因早年在戰場上受過傷，身體每況愈下，母親又因二婚，還因婚後多年才只生了一個女兒，在貴婦中抬不起頭，鬱鬱寡歡。

「見過父親，母親。」蘇宜思收起自己心中的想法，朝著自家父母請安。

見女兒過來了，蘇顯武笑了笑，朝著女兒招招手。

楊氏悄悄把手從丈夫的手中抽了出來。

蘇宜思乖巧的來到父親身邊，蹲在他面前，貼心的給他捶捶腿。

「爹跟妳說過多少回了，這種事情讓下人去做，妳坐在一旁好好歇歇。」

蘇宜思手上動作沒停，撒嬌道：「女兒不要，女兒就想親自給父親捶捶腿。」

說不過女兒，蘇顯武哈哈大笑兩聲，由著女兒去了。畢竟，女兒這般貼心，他也很是受用。

蘇顯武又問了問女兒關於進宮的事情，並且安慰女兒。「深宮大院有什麼好的，爹日後為妳找個能上馬打仗，威武的大將軍，帶妳去漠北自由自在的生活。」

說起漠北，蘇顯武眼神中又流露出懷念的神色。

蘇宜思怕父親想多了傷身，笑著打趣。「好啊，女兒等著。爹爹要說話算話，不能騙女兒。」

「好！」蘇顯武又哈哈大笑幾聲，轉頭跟妻子說：「看吧，女兒大了留不住了，現在就想著嫁人了。」

蘇宜思的臉一下子紅了起來。

楊氏拍了一下丈夫的手，笑著說：「還不是你先提起的，怎地又怪起女兒來了。」

蘇顯武立馬變得柔順。「我的錯、我的錯，夫人說得對，都是我的錯。」

這樣的氛圍實在是溫馨，蘇宜思想讓時間永遠停留在這一刻。

「女兒才不願嫁人呢，女兒想永遠陪在爹娘身側。」

「好，爹爹養妳。」

皇家的效率總是快得驚人。

不過短短兩日的工夫，蘇宜思從出生到現在，發生的所有事情都放在衛景的案前。

她今年，的確還是個小姑娘。

粗略看完，衛景似是真的死了心，喃喃道：「不是她。」

這幾個字，道盡了心中無限的酸楚與難過。

嚴公公聽後，心也像是被刺了一般。看著皇上每次找了人，又發現不對，那種絕望的模樣，他都想勸勸皇上，不要再找了，可這種話卻怎麼都說不出口。

就這般過了許久，嚴公公拿起一旁的摺子，轉移了話題。

「皇上，您看看，這是長公主和燕王妃選出來的太子妃人選。燕王妃的意思，過幾日，再邀她們來宮中瞧一瞧。」長公主是衛景的妹妹，燕王妃是太子的生母，也是衛景的弟媳。

衛景似是沒聽到一般，仍舊閉著眼。

過了片刻，他粗略掃了一眼，道：「再加一個人。」說這話時，他看向那一疊厚厚的紀錄。

嚴公公微微一怔，道：「是。」

蘇宜思沒料到自己那日落選了，今日竟又被邀請入宮。

不僅她沒想到，平安侯府眾人也沒料到。按照蘇宜思的身分，當太子妃有些不夠格，但若是做側妃，身分又有些太高了。

吳氏不免多想了些，她覺得，這事，興許是三弟和三弟妹在別處使了勁兒。若是加上姪女，自家女兒被選上的機率就小了不少。

這事，讓她心裡很不舒服。

她沒想到，看起來不怎麼關心這些事情的弟弟和弟妹，竟然會做出這樣的事情。

上回進宮，吳氏特地讓人給女兒和姪女做了衣裳，花費了不少銀錢和工夫。這一回，吳氏沒再給姪女做，只給自己女兒做了。

吳氏卻不知，蘇顯武和楊氏對於此事並不歡喜，他們並不想讓女兒入宮。

正如旁人所想一般，蘇顯武也覺得女兒選不上。與其這般尷尬著，倒不如不去，他便想著讓女兒裝病。

只是，在第二日，從別處得知女兒的名字是宮裡特意加上去的之後，裝病的法子就行不通了。

三日後，蘇宜思再次入宮。

在車上，蘇宜家已經給了她冷臉，等到了宮裡，她又收到來自其他世家貴女的嘲諷。話裡話外，都覺得以她的身分不該出現在這裡。

蘇宜思始終搖著團扇，淡然的看著大家。等眾人說得差不多了，這才淡淡道：「姊姊們可是在質疑宮中的決定？」

眾人臉色頓時一僵。

蘇宜思像是沒注意到似的，繼續笑著說：「妹妹萬事不知，只是受了宮裡的召喚才入宮的，至於為何入宮，就得問問貴人們了。既然姊姊們有疑惑，要不，待會兒妹妹替姊姊們問上一問？」

這話一出，眾人臉上如打翻了調料盤一般，精彩絕倫。

至此，大家知曉她不是個好惹的性子，也沒再敢有人在她面前嚼舌根。

蘇宜思也落得個清靜。

不多時，眾人便到了宮殿中。殿中，幾位太妃娘娘、王妃、公主們已經入座。待她們到了，便笑著跟她們說起話來，倒不像是在調查什麼，只是隨意聊天一般。

許是她們看不上蘇宜思的身分，問她話的人並不多。

而站在她身側服侍的小宮女，也像是心不在焉一般，把茶水灑在她的衣裙上。

這下子，她不得不去更換衣裳。

等換完衣裳，那小宮女卻不知所蹤。蘇宜思對宮裡並不熟，又無人引路，等了一會兒沒見著人，只好獨自一人沿著湖邊朝前走去。

她沒想到，自己竟然會再次在宮裡遇到皇上。

此時皇上正在釣魚。

因為上次入宮時發生的事情，回去後她便探問過，皇上登基後的事情，她發現皇上並不像府中的人所說的那般。她覺得，皇上的每一條政令都是為百姓著想，而自皇上登基以來河清海晏，國泰民安。至於為何對他們侯府這般，卻是有些解釋不通的。

因著他對百姓好，是個好皇帝，所以蘇宜思對他印象極好，覺得他不像是一位天子，倒像是一位和善的長輩。甚至於，比早上送她出門的大伯母還要和善幾分。

也因此，她走了過去，向皇上請安。

隨後，她便站在一側，大著膽子跟皇上說起話來。

越說，蘇宜思越覺得皇上和善，他問出來的話，比剛剛太妃以及王妃娘娘問的態度好多了，讓人忍不住想要跟他多說幾句話。

談話間，皇上似是不經意間問了個問題。「妳的名字是何人所取？」

蘇宜思也沒藏著，說了出來。「是祖母起的。我剛生下來不叫這個名字，長到三歲時，祖母瞧著我越來越像姑姑，便給改了名字，取了『思』這個字。」

說完，蘇宜思便看向皇上。她其實很想問問皇上，是不是認識她那位姑姑，但卻又不太敢問。

皇上垂頭道：「原來如此。」

臨走之時，皇上把自己釣上來的幾尾魚送給蘇宜思。

蘇宜思被內侍引著，遠離了湖邊。她本以為自己要被引到大殿那邊，沒想到內侍直接把她送出宮。

想到內侍定然只聽皇上的話，也就是說，是皇上讓他把她送出宮的，蘇宜思越發覺得皇上的細緻。

皇上賞賜魚的事情，蘇宜思還是沒跟任何人講。因為，她怕說不清楚，只說是自己在路上買的。至於她換了衣裳後去了哪裡，她用身子不舒服便先行離席搪塞了過去。好在宮裡的王妃、公主們沒提這件事情，府中便也沒多問。

這幾條魚是皇上賞賜的，蘇宜思可沒準備交給廚房。她差人找了魚缸，養了起來，日日看著。

後來，宮裡又傳了幾次消息，讓她們這些太子妃候選人進宮。

而每次進宮，蘇宜思都會見到皇上。

有時她在想，是不是皇上太閒了，不然的話，為何每次都能看到他。另一方面，又覺得自己運氣著實好，每回都能遇到皇帝，每回又都能得到一些小賞賜。

久而久之，每回進宮，她都有些期待與皇上見面。

不過，夜深人靜時，她也會思考一個問題。她總覺得，皇上雖然是笑著看她，卻並非完全看著她。他好像，在透過她，看什麼人一樣。

或許，他真的和祖母一樣，透過她，看她的姑姑吧。

眼下，京城中最熱門的一件事情便是太子妃的人選，眾人紛紛下注，猜測太子妃會花落誰家。頻繁進宮的，一共五人，其餘四人都有人下注，唯獨蘇宜思，沒人認為她能成為太子妃。

跟坊間眾人猜測不同，宮中以及權貴之家，注意力紛紛落在蘇宜思的身上。

事出反常即為妖。

按說蘇宜思的身分不可能被選太子妃，可她卻一直出現在人選中。不得不多想，這裡面肯定有問題。

燕王和燕王妃中意的人是海國公府的獨生女，莫說是蘇宜思，就連平安侯府嫡長女蘇宜家，他們也是瞧不上的，可每次入宮的名單上，都有她。

旁人不知，他們在宮中有不少勢力，早已知曉一些事情。平安侯府的四女，是那位加上的，而且，每次入宮，那位都會見一見她。

若是一、兩次便也罷了，多次下來，就惹人懷疑了。

那位誰也不見，獨獨見了這個小姑娘。而且，宮宴那日他發火，也是因為這個小姑娘而起。這小姑娘明明擅闖御花園，結果她沒事，大小管事反倒是被罰了個遍。

燕王妃遠遠看過，這小姑娘除了長得好看些，也沒什麼特別的。

難不成，那位真的是想讓這小姑娘當太子妃？

那位不是最討厭平安侯府的嗎，褫奪國公爵位，打壓侯府的幾位爺。把國公府砍掉一大半，讓與國公府素來不合的平南將軍住進去。

他這麼討厭平安侯府，卻要選平安侯府的姑娘為太子妃……莫不是，故意的？

他知道他們最近的小動作，打壓他們？

想到這裡，燕王和燕王妃是又氣又怕。眼見著兒子就要接任皇位了，他們怎可允許這樣的事情發生。他們想著，得想個法子試探一下。

這日，燕王把太子妃人選遞到衛景御前。

「選好了？」衛景看也未看一眼，淡淡的問了一句。

燕王看了一眼皇上，道：「嗯。臣覺得這幾家都不錯。海國公府獨女溫柔賢淑，吏部尚書府二姑娘知書達禮，平南將軍府的四姑娘文武雙全。」

對此，衛景不置可否，只說了一句。「這幾家勢大，倒是能給太子增添不少助力。」

衛景話裡有話，燕王聽出來了。不過，也僅限於此了，他只聽出來話裡有話，卻沒聽懂衛景真正的意思。他認為，皇上的話正好印證了他們夫妻二人的猜測，果然，皇上還是屬意平安侯府，想要打壓他們。

「那您的意思是，平安侯府四姑娘？」燕王乾巴巴的問道。

話音剛落，一道銳利的視線就掃了過來。

衛景在位二十幾年，身上的氣勢不是一般人可比的。剛剛還心有不滿的燕王，此刻嚇得立馬跪在地上，瑟瑟發抖。

須臾，只聽衛景壓著怒意，沈聲道：「滾出去！」

燕王連跌帶爬的出去了，一出門，才發覺衣裳都汗濕了，此刻貼在後背，冰涼冰涼的，一如剛剛衛景看他的眼神。

殿內，衛景臉色也不好看。

嚴公公是最瞭解衛景的人，他在一旁道：「皇上莫要動怒，燕王殿下這是沒懂皇上的良苦用心，太子還是好的。」

衛景閉了閉眼，長長的嘆了嘆氣。他這個弟弟，一向都是蠢的，不想著為太子選個好媳婦，盡想著如何增加太子的勢力，好穩固太子之位。

他身體不好，眼看著這幾年就要到大限了。往後，整個大魏都是太子的，燕王又何須找一個實力強大的岳家。往後若是有了什麼紛爭，皇權就不穩定了。若將來太子生了兒子，強大的岳家完全可能剷除太子，扶持年幼的主子上位。

這皇位，往後就是別家的了。

「蠢貨！」衛景如此評價燕王。

燕王回府後，把事情跟燕王妃講了。夫妻倆想了想，一致認為皇上這是看中蘇宜思了，想讓她成為太子妃。

燕王妃想了幾日，心緒始終難平。若是真讓蘇宜思當了太子妃，他們可就沒什麼強大的支持者了。到時候，這太子之位還不是皇上想廢就廢。她自個兒不就是因為勢單力薄，所以在宮裡收買的管事才會被皇上說處置就處置。

打聽到平安侯府眾人每月初一會去寺中上香，燕王妃生了個主意。事不宜遲，晚了可就來不及了。

初一這日，平安侯府一行人出門去上香了。

老夫人如今已經七十多歲了，身體大不如前。蘇宜思跪在地上，祈禱自己的祖母能多活幾年。可她也知，自家祖母已經算是長壽之人了。

老夫人年歲大了，已經多年不出門。楊氏前幾日感染了風寒，此次也沒跟著來，吳氏和蘇宜家又避開她去了別處。

因此，參拜完，蘇宜思便帶著貼身侍女逛了逛。結果沒走幾步，便有僧人喚走侍女，說是有事想請她幫忙。

這是在寺中，人很多，也不怕有什麼危險，蘇宜思就自己四處看看。走著走著，突然兩個人的談話進入了她的耳中。

「姊姊，妳這花是哪裡來的？」

「在後面的山林採的。後面可美了，一大片、一大片的花，感覺像是進入了仙境一般。」

後面的山林嗎？

蘇宜思還真沒去過。

左右無事，她便順著人流朝著後面走去，越往後，人越稀少。剛走到後面，蘇宜思看到一片綠意，確實挺美的，園圃的花不少，不過也沒什麼特別之處。看了幾眼，蘇宜思就打算回去了。

然而，就在她欲離開之際，一個醉漢卻突然朝著她撲了過來。

「小娘子——」

蘇宜思著實沒想到會發生這樣的變故。

若她真被他撲倒了，她的名聲也就完了。

蘇宜思連忙後退，然而，她太過慌張，不小心跌倒在地。眼前這醉漢就要觸碰到她，蘇宜思害怕得閉上了眼睛。

然而，等了許久，她所害怕的事情沒發生。蘇宜思緩緩睜開雙眼，眼前是一大片陰影。首先映入她眼簾的，是藏青色華服；往上，是那個造型奇怪的玉珮；再往上，是一張熟悉而又親切的臉。

「咳咳。」先是一聲壓抑的咳嗽聲，接著，沙啞的聲音響了起來。「咳咳，地上涼，起來吧。」

這聲音一出，蘇宜思的眼淚一下子就流了出來。

見小姑娘哭了，衛景朝著她伸出手。

蘇宜思看了一眼這一隻白皙又骨節分明的大掌，抽噎了兩聲，把小手放入他的手中。

大掌溫熱，小手冰涼。

事後，蘇宜思沒想明白，自己怎麼就鬼使神差的把手放入皇上手中。同樣想不明白的還有衛景，他也不知怎地，自己就朝著一個小姑娘伸出手，還緊緊握住了。

那一刻，兩個人心中都有一股異樣的感覺滑過。

「呀，這是發生了什麼事？」此刻，一個中年婦人的聲音在背後響起。

很快，握著的雙手快速分開了。

「啊！」中年婦人在見到面前之人時驚呼了一聲。

衛景雙手背在身後，看向面前的婦人。

「臣婦見過皇上。」平南將軍夫人怎麼都沒想到，她是來捉姦的，卻在捉姦現場看到了今上。

衛景瞥了一眼將軍夫人，又看了一眼已經被暗衛控制住的醉漢，居高臨下，冷冷的道：

「給朕查！」

衛景走了，蘇宜思連忙跟在他身後離開了。

只留下平南將軍夫人癱坐在地上，她終於意識到，自己似乎惹了大禍。

離開山林，到了一處僻靜之處，衛景轉身看向緊緊跟在他身後的小姑娘。

「多謝皇上剛剛出手相救。」蘇宜思哽咽的說道。說話時，還能聽出顫音。此刻她眼眶微紅，鼻頭也是紅的，臉上還有未乾的淚痕，一副可憐兮兮的模樣。

衛景本打算教訓她幾句，但瞧著她這副模樣，那些話卻怎麼都說不出口了。

「往後出門不要一個人，多帶幾個人，最好帶上幾個侍衛。」

聽到衛景的關心，蘇宜思眼眶又紅了，不住點頭。「嗯。」

衛景在反應過來之前，已經伸出了手。但，手伸到一半，又縮了回來。

剛剛扶蘇宜思起來已是不妥，此刻要為她擦眼淚更是不妥。

從前，他的小姑娘最愛吃醋，往日裡他多看旁的女子幾眼都要與他置氣。這會兒他碰了別的姑娘的手，她不知會做何想。

思及此，衛景拿出一條帕子遞給蘇宜思。

蘇宜思沒看出衛景的心思，接過帕子，擦了擦眼淚。

心中卻是再一次被皇上感動。

皇上待她可真好！蘇宜思的眼淚越流越多。

衛景想，這小姑娘年歲太小，又被家中父母寵著，許是沒被人凶過。想到剛剛自己那幾句話，怕是說重了。

「這不是妳的錯，妳無須自責。想要害妳的人，總能找到機會害妳。他們今日不害妳，明日也能害妳。即便妳身側有婢女、有侍衛，他們也能找更多人欺負妳。」

蘇宜思還在哭。

「妳放心，朕會為妳討回公道，他們以後絕不敢再算計妳。」

蘇宜思哭得更凶了。

衛景手背在身後，強力克制住自己，才沒把面前的小姑娘抱入懷中安撫。

過了一刻鐘，小姑娘終於不哭了。

蘇宜思也不知道自己今日怎麼了。她雖然嬌氣，但平日裡極少哭，況且，今日的事她並沒有受到任何傷害。可不知怎地，看到皇上，她就覺得心中委屈極了，想把心中的情緒都發洩出來。即便是在爹娘面前，她也不曾這樣。

面對衛景，她總是無法保持淡定。

「多謝皇上。」蘇宜思哽咽的說道。她不傻，從平南將軍夫人出現的那一刻，她便猜到今日多半是旁人算計她的。侍女、兩個香客的談話、醉漢……這一樁樁、一件件，都是被人設計好的。

只不過，出現了皇上這個意外。

「咳咳。」衛景咳了兩聲。

蘇宜思收回思緒，微微蹙眉。似乎，每次見著皇上，他都在咳嗽。再看他的臉色，也是異於常人的白。

「皇上是不是生病了？」蘇宜思有些緊張的問。

「咳咳。」又咳嗽了幾聲後，衛景道：「無礙。」

衛景沒做過多解釋，轉身離開了。

見皇上要走，蘇宜思連忙上前，慌張得抓住了他的手。

衛景停下了腳步，看向握在一起的手。

瞧著皇上的視線，蘇宜思連忙鬆開手，後退了兩步，鄭重的道：「臣女沒別的意思，就是想感謝皇上。今日皇上幫了臣女，日後臣女一定會報答您的！」

衛景看了蘇宜思一眼，對於這話，不置可否，轉身離開此處。

蘇宜思看著手中的帕子，陷入沈思。隨後，她又看向了自己的右手。這隻手，剛剛被皇上握過，上面似乎還殘留著溫熱的觸感。

「姑娘，咱們走吧？」內侍提醒道。

蘇宜思臉微微一熱，跟著皇上的內侍離開了此處，去了平安侯府停置馬車的地方。

夜深人靜時，衛景獨坐在龍椅上，閉上眼睛，腦海中浮現的便是白日發生的事情。那手上的觸感，那溫熱的眼淚，那一雙眼睛，都跟她無二。

可她終究不是她。

這一刻，年老的帝王眼角有一滴淚滾落。

第二日，聽說燕王被皇上申飭了。燕王妃也被罰在府中閉門思過，往後沒有聖旨不許再踏入皇宮半步。

太子妃重新擇選，這件事情交由長公主處理，燕王妃不得干涉。

平南將軍也在朝堂上被皇上罵了，罰了一年的俸祿，平南將軍夫人誥命降了兩級。

燕王府看似沒被罰什麼，實則比平南將軍夫人要重得多。有了皇上這話，即便以後太子登基了，作為他的生母，燕王妃也不能在宮中住著。

而且，之前一直是她在操辦太子選妃，現如今皇上直接推翻了決定，等於否定了她。若以後選好了太子妃，也是要高出燕王妃一頭的。

燕王妃除了王妃的名號，往後別想再有其他的了。

竹籃打水一場空，權貴之家沒少在背後笑話她。

蘇宜思無暇關心這些事情，因為，老夫人去世了。

老夫人今年七十八歲，算得上是高壽。走的時候也沒什麼痛苦，是笑著走的。算是喜喪。

可蘇宜思心中卻難過到不行。

老夫人去世那日，彌留之際，握著她的手，嘴裡不停叫著。「萱兒，萱兒……」

那一句句，一聲聲，聽得她心中酸澀難耐。

祖母是除了爹娘，這世上待她最好的人。從小到大，祖母對她都比旁人要好上幾分，她知道，是因為她這張臉，長得像她那早逝的姑姑。可不管是什麼原因，祖母待她的好全都是真的。

一想到祖母對她的好，蘇宜思就難過到不行，狠狠哭了幾日。

等喪禮結束，她也病倒了。

病來如山倒，病去如抽絲。待蘇宜思病好後，夏日已經來臨了，後院中，滿池子的荷花已經開放。

這時，宮中傳來了好消息。

許是因為老侯夫人去世，今上終於想起了這些年對平安侯府的薄待，開始優待侯府。

蘇顯武重新被封了鎮北將軍，待老夫人百日後，前往漠北赴任。

蘇顯武原就是鎮北將軍，鎮守漠北，只不過，在皇權更迭之時，失了職位。他日日都想回到漠北，上陣殺敵。如今隔了二十餘年，雖他已經年過五旬，可對於這樣的安排，仍舊熱淚盈眶。

因此事，蘇宜思對皇上的觀感越發好了。

只是，這事過了沒幾日，就聽說皇上病倒了，沒再上朝，朝中大小的事務都交由太子全權處理。

想到之前在寺中看到皇上的臉色，蘇宜思心裡多少更覺擔憂。

她也不知為何，心中有一股衝動，想要再見見他。

可她沒有機會。

衛景的病越來越重了，夜夜咳嗽，下不了床。昏迷的時候多，清醒的時候少。

嚴公公把太醫院院正叫到了一旁，問：「大人，皇上的病為何突然就這般重了，不是說還有幾年嗎？」

孫院正嘆了嘆氣，道：「皇上沒有生的慾望，一心求死。」

嚴公公怔住了。

晚上再餵藥時，瞧著藥也餵不進去了。嚴公公老淚縱橫，跪在地上懇求。「皇上，吃幾口藥吧。太子年紀尚輕，處理不了朝中複雜的事務。大魏不能沒有皇上啊！」

躺在床上氣息微弱的衛景笑了笑，說：「朕早就該死了，不過是苟活這麼多年罷了。」

嚴公公急到不行。「皇上別這麼說。皇上是天子，不會死的。」

只聽衛景喃喃道：「她大概是在怪我吧，怪我認錯了人，怪我對旁的女子好。這都是我的錯，我不該這樣的……」

這話嚴公公又聽不懂了，只一個勁兒的跪在地上求皇上。

第三章

老夫人的百日很快就到了。

蘇顯武和楊氏商議過，他們要一起去漠北，離開京城這個是非之地。這二十年，快要把他們壓得喘不過氣，他們也該去外面透透氣了。同時，他們也會帶著女兒一起離開。他們怕女兒被欺負，怕女兒真的被選為太子妃，一輩子待在皇宮那個牢籠裡。

離開前，蘇顯武要去宮中謝恩。

想到那日皇上的臉色，再想到最近坊間傳聞，蘇宜思攔住了她爹的馬車。

「爹，我想跟您一起入宮。」

她怕，她這一走這輩子就再也見不著皇上了。

面對女兒的請求，蘇顯武皺了皺眉，問：「妳進宮做什麼？」

他問過女兒，女兒並不想入宮為妃，所以他們才下定決心帶女兒去漠北。

蘇宜思也不知該如何跟父親解釋。

是啊，她進宮做什麼，去見皇上。去見皇上做什麼呢，見皇上最後一面？這麼做，不合禮數。

此刻，蘇宜思也清醒過來。

看著女兒臉上的失落，蘇顯武心疼得不行，便扶著女兒上了馬車。

隨後，馬車就朝著府外駛去。

「妳跟爹講，妳想進宮做什麼？」

蘇宜思抿了抿唇，沒說話。

蘇顯武覺得女兒今日的舉動著實奇怪，但他也猜不到女兒為何這般。

不多時，馬車就到了宮門口，下了馬車後，蘇顯武看了一眼女兒，囑咐她。「妳乖乖在馬車上待著，爹去去就來，一會兒爹帶妳去南門口吃好吃的。」

蘇宜思心不在焉。「嗯。」

蘇顯武進宮去了。

蘇宜思下車站在宮門口，靜靜的看著皇宮。這皇城看起來幽長而又寂寥，像是鎖住人的牢籠。

看了許久，蘇宜思站累了，想要上馬車歇息。就在這時，一個內侍匆匆從宮裡出來，走到她的面前。

「請問姑娘是平安侯府的四姑娘嗎？」

「我是。」

「皇上召您進宮。」
當真是瞌睡遇到了枕頭，蘇宜思連忙跟著內侍入了宮。
不知走了多久，內侍在一處宮殿門口停了下來。
門口處正等著一個人。
蘇宜思認識這人，這是皇上身邊最得力的內侍，嚴公公。
嚴公公跟隨皇上多年，一向是最為穩重的，很少能從他的臉上看出什麼情緒。可今日，他那張蒼老的臉上卻盡顯焦急的神色。
「蘇姑娘，您來了。」
「嚴公公。」
嚴公公揮了揮手，讓內侍退下去，道：「今日冒昧請您進宮，還請見諒。」
竟然是嚴公公召她進來的，蘇宜思詫異極了。
「想必您已經知曉，皇上病重。只是宮裡的內侍們手粗，照顧不周。還請您餵皇上吃一回藥。」
聽到這個請求，蘇宜思更詫異了。天底下最會伺候人的就是宮裡人了，若是宮裡人都伺候不好，別人更是不行。
嚴公公怎麼會提出這樣的要求，好生奇怪。

可即便是如此，蘇宜思還是壓住內心的疑惑，推門步入了宮殿。

一進宮殿，她就聞到一股濃濃的藥味。再往裡面走，明黃的帳內，此刻正躺著一個容顏蒼老，臉色蠟黃，一臉死氣的男人。

看到這一幕，蘇宜思突然感覺心裡一痛，幾乎喘不上氣來。

嚴公公揮揮手，讓殿內的人全都退出去。

蘇宜思漸漸往裡走，走到龍榻旁，輕聲喚道：「皇上。」

床上的人似乎聽到呼喚，醒了過來。在看到來人是誰時，那一雙呆滯的眼神突然煥發了神采，張了張口，道：「妳終於來了……」

聲音雖然虛弱，但話語裡卻有道不盡的驚喜。

「臣女見過皇上。」

這話一出，衛景回過神，眼神中的神采褪盡，失望的道：「原來是妳啊。」

蘇宜思想，他定是在期待什麼人吧。那人定然跟她長得很像，以至於他認錯了人。

嚴公公在一旁看了蘇宜思一眼。蘇宜思想到剛剛嚴公公說過的話，記起自己的來意。

「皇上，臣女服侍皇上吃藥。」

衛景沒答應也沒拒絕。

蘇宜思端過一旁的藥餵皇上，衛景倒也配合。

嚴公公見狀，激動得眼淚都快要流出來。

吃完藥，衛景又沈沈睡去。

等出了門，蘇宜思終於忍不住哭了。她能感覺到，皇上是真的不行了。

蘇宜思出宮時，蘇顯武已經等在宮門口了。

他不住的在宮門口走來走去，顯得非常焦急。在看到女兒的那一剎那，終於放了心。然而，在看到女兒失魂落魄的模樣，那顆放下的心復又提了起來。

「誰欺負妳了？」蘇顯武嚴肅又緊張的問。

蘇宜思搖搖頭，一副不願多說的樣子。

此刻人多，不好問話，蘇顯武沒再問，扶著女兒上了馬車。

在車上，他又問了幾遍，可女兒始終沒說。

蘇宜思哭了一路，回到府中之後，便回了自己的小院。

門一關上，蘇宜思就再也忍不住，撲到床上哭了起來。眼淚如斷線的珠子一般，簌簌的從眼眶裡滾落。

蘇宜思不知道自己到底怎麼了，可她心口像是被什麼人攥緊了一般，壓抑得她快喘不過來氣。想到剛剛看的最後一眼，皇上那死寂的模樣，蘇宜思突然覺得心像是被針扎了一般。

一陣痛覺襲來，蘇宜思昏倒在床上。

崇德三十一年，深秋，漠北。

鄰國多次來犯，兩軍交戰，終於在一月前遞交了投降書。這一戰，大魏朝大獲全勝。作為此次的最大功臣，鎮北將軍蘇顯武自然要前往京城接受封賞。

然而，蘇顯武以餘孽未清拒絕了，押送戰俘的事情就交給副將。

當今皇上應了此事。

接著，京城傳來安國公夫人病重的消息，安國公夫人給兒子寫了一封家書，讓兒子速速歸京。

看著面前的家書，蘇顯武的濃眉緊緊皺了起來。

他來到漠北五年，這五年，他收到了無數封家書。其中催他回京的，不計其數。家裡人一會兒說父親病重，一會兒說母親病重，這樣的藉口他已經看了多遍。

他在京城中不是沒有眼線，他爹娘身子骨兒好得很，聽聞他們月月去爬山。前些時候，他娘還見了不少適婚女子，這封信的意圖為何，他一看便知。

可，知道歸知道，這次卻不得不回京。因為，和家書一起到來的，還有皇上的聖旨。

聖旨大意是，愛卿，你還是回來吧，太后也開始念叨朕了。

不過，在回京前，蘇顯武還得去族中一趟。因為他娘說了，再過幾日就是妹妹的忌日，要他去祭拜妹妹。

由此也能看得出來，他娘並不是真的病了。若是真的病了，不會讓他轉道回族裡。安國公府是在漠北起家的，家中個個是武將。這族中，也就離漠北不遠。

蘇顯武把隨從安排在客棧中，自己獨自回了族中祭拜。不到半日的工夫，蘇顯武就到了族裡，住了兩、三日後，蘇顯武去祭拜了妹妹。

回京，他是不想回的。可，祭拜妹妹，他是真心的。

妹妹比他小五歲，從小就長得嬌嫩可愛，臉上肉乎乎的。十三、四歲就出落得亭亭玉立。等到及笄後，媒人更是快把他家門檻踏爛了。

可惜，紅顏薄命。

十五歲那年落水後，一場風寒要了妹妹的命。

想到他從小疼愛的妹妹就這麼沒了，看著妹妹的墳塚，哪怕蘇顯武是個上戰場殺伐決斷的人，也忍不住紅了眼眶。

逗留了半日，蘇顯武離開了族裡。

蘇顯武離開時，正是傍晚時分，夕陽的餘暉掛在天邊，與漠北大片沙漠融合在一起，有一種蒼涼的壯麗之美。

這一去，不知何時才能再回到這裡來。

蘇顯武加快了速度，追逐著夕陽，似是想要留住這樣的美麗。

騎著騎著，卻發現不遠處似是有什麼東西從天上掉落。他越騎越快，那東西迅速落在地上，揚起沙塵。等他到了近前，發現果然有東西從天而降，他驅馬向前，離得越來越近。

等走到那東西面前，卻赫然發現，那並非一物，而是——

一個人。

確切說，是一個姑娘。

對於眼前發生的事情，蘇顯武驚訝極了。不過此刻還是救人要緊，他連忙從馬上下來，上前去察看情況。

那姑娘頭朝下，趴在沙漠上，他無法看清楚她此刻的狀況。

「姑娘！」蘇顯武並未觸碰對方，只是喚了她一聲。

那姑娘沒什麼反應。

「姑娘！妳醒醒。」蘇顯武又喚了一聲。

那姑娘仍舊沒什麼反應。

救人要緊。蘇顯武只好把那姑娘的身體翻轉過來，欲查探她的情況。然而，在看到她的容顏時，他頓時怔住了。

夕陽的餘暉似是即將落盡，黑夜即將要取代白日，成為大地的主宰。深秋的大漠，夜晚是涼的，耳邊吹來的，是夾雜著黃沙的風。

他剛剛祭拜過妹妹……而這位姑娘，跟他妹妹長得幾乎一模一樣。想到剛剛那一幕，再看面前這位姑娘的容顏，蘇顯武覺得自己在作夢。

他使勁打了自己一巴掌。

真他娘疼！

不管是不是夢，現在要做的，是救這位姑娘。

趁著天際還未完全變黑，蘇顯武把她抱上馬，駕著馬去了最近的一個鎮子。

一到鎮上，他的侍衛就過來了。「將軍，我們等了您好久，還以為您今日不來了。」

蘇顯武沒解釋，道：「去把鎮上最好的大夫請到客棧來。」

侍衛瞥了一眼馬上的姑娘，沒多問。「是。」

不多時，大夫戰戰兢兢的來到客棧中。

「還請您瞧瞧這位姑娘。」

聽到這位軍爺的意思，大夫鬆了一口氣，小心翼翼的察看、把脈。把完脈後，心情輕鬆許多。

「如何？」蘇顯武問。

大夫語氣和緩的說：「還請軍爺放心，這位姑娘沒有大礙，恐怕是憂思過重，估計明早就能醒過來。」

「真的？」蘇顯武有些不信，瞥了大夫一眼。

蘇顯武已經多日沒打理過自己，臉上長滿了絡腮鬍，又因常年在戰場上，眼神中殺氣騰騰。他自覺不過是隨意瞥了旁人一眼，在旁人看來卻像是要殺人一般。

大夫腿一軟，連忙道：「小的說的都是真的，還請軍爺饒我一命。」

蘇顯武見他這般膽小，揮了揮手，讓他退下去了。

蘇顯武沒假他人之手，就這般坐在床邊，守著床上昏迷不醒的姑娘。

這一守，就是一夜。

等第二日天一亮，蘇顯武就醒了過來。

瞧著床上的姑娘沒有任何要醒的跡象，蘇顯武低聲罵了一句。「庸醫！」

他轉身出門，讓侍衛去找昨日那個大夫。

吩咐完，蘇顯武又回了屋。剛一進屋，就聽見床上有動靜，蘇顯武連忙停下了腳步，朝著床邊走去，就見床上的姑娘睜開了眼睛。

閉著眼睛時，他只覺這姑娘與他妹妹有七、八分像，這麼一睜開眼，卻覺得有十分像。

不，不是像，這就是他的妹妹。

蘇顯武一個粗人，眼眶又有些紅了。

紅了眼眶的又何止他一人，躺在床上的蘇宜思，看著蘇顯武邋遢的模樣，眼眶也紅了。

「爹，皇上……皇上是不是駕崩了？」

要不，她爹怎麼會連鬍子也不刮了，定是發生了大事。

蘇顯武那剛流出來的眼淚，一下子被嚇了回去。

皇上正值壯年，怎麼可能駕崩呢?!這女子竟然敢詛咒皇上，膽子好大，就不怕被治個大不敬之罪嗎?!

不對，他尚未成親，又哪裡來這麼大的女兒！

見她爹不回答她，蘇宜思哭得更傷心。

看來……皇上是真的已經駕崩了。皇上待她那麼好，怎麼這麼快就去世了呢？

蘇顯武本想斥責面前的姑娘，可見她哭得這麼傷心，他只覺得心裡難受極了，不忍心責備她。

他平日最討厭女子哭了，看到女子哭就厭煩得不得了，可今日不知怎麼就心疼上了。他覺得，怪就怪這姑娘跟他妹妹長得太像了。

哭了好一會兒，蘇宜思終於哭累了，停了下來。

蘇顯武給她倒了一杯茶，開始問話。「妳究竟是何人？家住哪裡，父母又是誰？」

蘇宜思差點被茶水嗆住，不敢置信的看著面前的男人。

她爹在說什麼呀？難不成失憶了不成？這才幾日未見，怎會如此。

然而，當她開口欲問之時，才發覺異常。

不對，這人不是她爹。雖然跟她爹長得非常像，可是面前這男人實在是太年輕了。只怪他這一臉絡腮鬍擋住了他半張臉，所以她剛剛沒看清楚他的年歲。

皮膚雖然有些粗糙，但並無皺紋，頭髮也是烏黑烏黑的，上面沒有一根白髮。而她爹年過半百，臉上已有紋路，頭上也已有半頭白髮。

看完這人，再看四周，蘇宜思驚訝極了。

這是哪裡？並不是她的閨房。而且，屋內的陳設簡陋，也絕不是侯府。難不成……她被面前的人綁架了？

蘇宜思意識到這一點後，心怦怦怦跳了起來。

這人為何要綁架她，有什麼目的？他又是如何綁架她的，怎麼從下人一大堆的侯府中把她劫出來的？

「你是誰？」蘇宜思克制住內心的恐懼，問道。

蘇顯武無言，剛剛還叫他爹，這會兒又問他是誰，這姑娘渾身上下透露著一股怪異。

就在這時，門外有人在敲門。

「進來！」

門從外面打開了，一位身著鎧甲的護衛走了進來，朝著蘇顯武行禮。「將軍，昨日那個大夫……」

蘇顯武皺了皺眉。「別說話吞吞吐吐的，跟個娘兒們似的，趕緊的。」

「昨日那個大夫連夜帶著家眷逃跑了。」護衛快速說道。

蘇顯武自問，他有這麼可怕嗎？

蘇宜思更加疑惑了，既然面前的人是將軍，那他為何要綁架她？

蘇顯武擺擺手，讓屬下退下了。等屋內只剩下他們二人，蘇顯武繼續問：「姑娘，妳究竟是何人，為何獨自一人出現在大漠中？」

蘇宜思詫異。「大漠？」

蘇顯武點頭。「昨日我是在大漠中撿到姑娘的。」

蘇宜思又看了一眼屋內的陳設，隨後看向窗外。窗外，一片昏黃，那景致，跟京城相差甚遠。怕自己看錯，蘇宜思掀開被子，走到窗前，推開半掩的窗戶。

窗戶一經推開，一股混合著黃沙味道的風就吹了過來，颳得她臉有些痛。

這感覺，跟她爹說過的漠北一般無二。

她竟然來到了大漠中？

這怎麼可能？她記得自己明明在京城，怎麼眨眼間就到了大漠。

「今日是初幾？」
「十月初七。」
昨兒是初六，她午時過才回到家中。再快，也不可能一日就來到大漠。
看著面前這姑娘一連串的舉動，蘇顯武心裡越發困惑不解。尤其是，這張臉。「姑娘，妳到底是誰，家住哪裡？」
蘇宜思也抬頭看向了面前這張跟她爹長得極為相像的臉，世界上真的有跟她爹長得這麼像的人嗎？莫不是……她爹的私生子吧。
「你又是誰？」蘇宜思肅著臉問。
瞧著這姑娘防備的模樣，蘇顯武皺了皺眉，道：「我是大魏朝鎮北將軍蘇顯武。昨日從族中回鎮時，在大漠中遇到了姑娘，當時姑娘昏倒在大漠中，我就把姑娘帶回來了。」
蘇宜思在聽到蘇顯武三個字時，就再也聽不到其他的話了。
面前這個長滿了絡腮鬍，極為年輕的男子，竟然真的是她爹！
不可能，這不可能，絕不可能。
她爹今年已經五十多歲了，怎麼可能是面前的這個年輕男子。
這時，又有人敲門了。
「我聽阿毛說昨日那個大夫跑了，這不又去給將軍找了個。」一個男子一邊說、一邊進來。

「雲叔？」蘇宜思喃喃喚了一聲。

這人曾是她父親身邊最得力的副手，名叫雲劍。她記得，雲劍十年多前被平南將軍派往南疆，中了蠱毒，死了。父親得知這個消息，難過極了。也恨透住在隔壁的平南將軍，罵了他多年。

雲叔怎麼還活著，而且，還是這般年輕的模樣。

不對，她應該是認錯人了吧？

蘇顯武看了蘇宜思一眼。

雲劍微微一怔，摸了摸自己的臉，笑了兩聲，道：「哈哈。我有這麼老了嗎？大漠這地方真是催人老啊。」

「雲劍！」蘇顯武出聲提醒。

聽到名字的蘇宜思震驚極了，竟然真的是雲叔。

雲劍連忙正經了些，把大夫推到蘇顯武面前。

這回來的大夫，比昨日那個還膽小，撲通一聲跪在蘇顯武面前，戰戰兢兢的給蘇宜思把脈。把完脈，也不敢說沒病，開了些安神的藥。

看著手中的藥方，雲劍一把提起跪在地上的郎中，道：「將軍，我帶著他去抓藥了。」

「嗯。」

不多時，屋內再次安靜下來，只剩下蘇顯武和蘇宜思。

此刻，蘇宜思已然陷入了沈思中。

若說一件事是偶然，那許多件呢？擺在面前的，是變年輕了的父親，以及變年輕了的長輩。還有，她莫名其妙就來到漠北，即便是世上腳程最快的馬，也不可能做到這樣的事情。

猶記得，兒時父親常常在她耳邊說，他自己年輕時在漠北，僅用了五年的時間，就把困擾了大魏朝上百年的外患解決了，還被封為鎮北將軍。這倒是能對得上了。

蘇顯武本想再問一遍，可看著面前的姑娘似是陷入沈思中，便沒再問，靜靜等著她。

「今年是哪一年？」蘇宜思終於再次開口了。

「崇德三十一年。」蘇顯武平靜的說。

心中的猜測得到了印證，蘇宜思的心怦怦怦的跳了起來。崇德三十一年……崇德……她來時，是文景二十二年。所以，她竟然來到了二十多年前？

這是多麼不可思議的一件事情。

「您是……是平安侯……不，安國公府的三爺？」

蘇顯武挑了挑眉，雙手環抱在胸前，問：「姑娘認識我？」

跟他妹妹長得像，還認識他？這就有意思了。

接收的訊息太多，蘇宜思一時之間有些消化不了，她梳理了一下又問：「您是在哪裡撿到我的？」

這個問題蘇顯武已經說過了，此刻又詳細的說了一遍。「沙漠，距離此處二十里外的地方。」

說完，他頓了頓，又道：「確切說，姑娘是從天而降，落到我的馬前。」

說這話時，蘇顯武緊緊盯著蘇宜思的眼睛，試圖從她臉上發現一絲端倪。畢竟，那情景太過詭異了。

只可惜，蘇宜思剛剛已經知曉更讓人震驚的事情，這個出場方式震驚不到她了。

盯著蘇宜思的眼睛看了許久，蘇顯武都沒能發現破綻。這般一直盯著一個姑娘似乎也不太好，他沒再看她，第三次問道：「所以，姑娘，妳究竟是何人？」

事情太過詭異，蘇宜思自己尚且不能接受，也不知她爹是如何想的。

她低頭看了看自己的手，這一雙手，是她自己的手。右手上，第一次拿刀做飯時削的一個口子，留的傷痕還在。再看衣裳，是她昨日進宮時穿的衣裳，袖口處，尚有餵藥時濺到的藥汁。

她還是她。

事實就擺在這裡。

想到這裡，蘇宜思嚥了嚥口水，道：「爹，我真的是您的女兒。」

蘇顯武聞言有些惱怒。

一會兒是，一會兒不是，一會兒又是，所以這姑娘在耍著他玩？他看起來有那麼傻嗎？再者，他不過二十五歲，哪裡能生得出這麼大的姑娘。

然而，沒等他說什麼，就見面前的姑娘在衣領處掏了一會兒，從脖子上摘下一塊牌子。這牌子……是他們蘇家特製的牌子，而且，只有嫡系才有。牌子上，刻著孩子的名字，以及生父的名字。

蘇顯武沒仔細看正面，直接翻到背面，在看到牌子上寫著「蘇氏二十五代嫡孫，蘇顯武之女」時，腦子中像是有什麼東西炸開了花。

第四章

蘇顯武怔怔的看著面前代表蘇氏嫡支的牌子，內心的感覺無法用言語來形容。

頓了片刻，他又用手細細摸了摸手中的牌子。這質感，與他脖頸中戴的一般無二，分明是同樣的材質，同樣的大小。

可……面前的姑娘怎麼看都至少及笄了，他不可能生出這麼大的孩子。

所以，應該是騙人的吧？

小小年紀，怎麼就出來騙人了呢？

「既然知道我是誰，妳就不該用這般拙劣的騙術來騙我。不僅是我，沒有人會相信妳說的話。」蘇顯武道。

蘇宜思知道這件事情過於匪夷所思，她爹不相信她也是正常的。

「爹，您不妨把自己的牌子拿出來，跟我的對照一下，看看材質是不是一樣的，大小是否又有區別。正好此處離族中不遠，還可以請族裡的老人們鑑定。」

蘇顯武微微瞇了瞇眼，對著蘇宜思打量了一番。

這小騙子，果然有些本事，對他們蘇家知之甚深，也不知是何人派來的。

「我如何生得出妳這般大的女兒。」蘇顯武繼續想戳穿蘇宜思。

蘇宜思一點也不慌張，道：「爹，我來自二十多年後，大概再十年後我才會出生。」

瞧著蘇顯武驚詫的眼神，蘇宜思想了想剛剛的話，道：「爹，您忘了，您不是親眼看到我從天而降嗎？一個人怎麼可能從天上掉下來呢？即便是能從天上掉下來，又如何能毫髮無傷？」

她這是在用一件不可能的事情來印證另一件不可能的事情。

蘇顯武沈默了。

這也是他一直驚詫的點。

「而且，爹，您看看我這張臉，是不是跟姑姑長得幾乎一模一樣？您跟姑姑有五分像，所以事實上，我是跟您長得像。」

蘇顯武繼續保持沈默。

他瞥了一眼蘇宜思的臉，又看了眼一旁的鏡子。即便是厚臉皮如他，也沒法說出面前這長相俏麗的姑娘像他這種話。

雖說面前姑娘的話他難以置信，可他心裡卻又並非真的完全否定。這件事情處處透露出詭異。首先，這位姑娘跟他妹妹長得實在是太像了，而且，還是在妹妹忌日當天出現，出現的方式又那麼的……離奇。

還有，她拿出的這塊牌子，與他們蘇家的一模一樣，而且，上面的字跡分明是自己的。

她說她來自二十多年後？

蘇顯武腦子有些亂，看著小姑娘靈動的眼神，道：「妳先好好休息，不要亂跑，我去給妳找點吃的。」

他得去查一查，這究竟是怎麼回事。

轉身之際，就聽小姑娘在背後說道：「爹，您常常跟我講，您最喜歡吃漠北的拉麵，有家王記拉麵最好吃了，還要多放蔥花和辣椒，少放醋。可女兒不喜歡吃蔥花，您別給我放蔥花了。」

蘇顯武步子踉蹌了下。竟然連他這獨特的愛好都知道？

只聽後面又囑咐了一句。「再放點醋，一點點就好。爹不愛吃，我愛吃。」

蘇顯武覺得這個世界太玄幻了。「知道了。」

一刻鐘後，一碗王記拉麵擺在蘇宜思面前。一粒蔥花都沒有，還有兩個小碟子，一個碟子裡面是辣椒，一個是醋。

蘇宜思餓太久了，看到麵就想吃。

她慢條斯理的往碗裡頭倒醋和辣椒，問道：「雲叔，我爹呢？他怎麼沒來？」

奉命買回拉麵的雲劍啞口無言，他真的這麼老了嗎？「姑娘，妳爹……是誰？」

「就是……」剛說了兩個字，看著雲劍這張年輕了幾十歲的臉，蘇宜思就頓住了。

很快，她笑了笑，說：「我是想問，蘇將軍去哪裡了？」

雲劍著實好奇面前這姑娘的身分，他跟在將軍身邊十年，可從未見過將軍跟哪個姑娘這般親密過。而且，剛剛還專門讓他們騎快馬回鎮北城買王記拉麵。

「將軍剛剛出門去了，尚未回來。我也不知道將軍去哪裡，將軍只囑咐我們好好照顧姑娘。」

蘇宜思點點頭，繼續吃著面前的拉麵。

嗯，除了麵有些爛了，味道還是很好的。不過，辣椒有些太辣了。

吃飽喝足，蘇宜思感覺心滿意足。

好不容易來一趟漠北，她怎麼也要出去逛一逛。若是沒有這一遭事，這幾日，她也該啟程來漠北了。

她出門時，雲劍全程跟在身側。

漠北地廣人稀，有一種蒼茫的美，跟京城的繁華不同。也怪不得，父親不願囿於京城那四方之地，念念不忘這裡。依著父親的性格，確實更喜歡漠北吧。

年輕時的父親，跟年老時的父親，真的很不一樣。

三日後，蘇顯武終於回來了。

蘇顯武走的時候一臉凝重，回來時，仍舊一臉凝重。

牌子他找族中人確認過了，的確是他們蘇家的牌子，而且沒有融過的痕跡，完全沒有被人偷走融了之後在上面篡改的可能。

身分，他也找人問過了。族中沒有這樣一個姑娘，而且，方圓百里內，都查不到一絲跟這姑娘有關的線索。他動用了不少力量，仍舊查不出蛛絲馬跡。

蘇家在漠北已久，他又在這邊待了五年，所有的勢力都在他的掌控之中。可縱然如此，他還是查不到任何的線索。

沒有人見過這位姑娘，她就好像是憑空出現一樣。

而回想她出現的那一日，她不就是憑空出現在他眼前的嗎？

要麼是這姑娘隱藏得太深，背後的力量強大；要麼，就像她自己所說，她來自二十多年後。

若她真的來自往後的世界，這所有的謎團，似乎又都能解得開了。

不過，他真的有這麼厲害嗎，竟然能生出一個這麼好看的閨女？蘇顯武突然生出一股自豪和驕傲。

這想法只在腦海中出現了一瞬，蘇顯武又清醒過來。

若是前一種的話，可就麻煩了。他回京在即，這麼個麻煩，要不要帶在身邊呢？蘇顯武有些猶豫。

蘇顯武一回來，蘇宜思就跑過來，抱住了他的胳膊，朝著他撒嬌。「爹，您怎麼才回來啊。女兒人生地不熟，都不敢亂跑。您不在身邊，女兒有些害怕。」

這姑娘實在是太過可人，蘇顯武剛剛想的那些事情，一下子就被他拋之腦後了。若她真的是他女兒，那他真的是運氣太好了。

「咳，我這幾日有事要辦。」蘇顯武的聲音不自覺變得柔和。

「那您辦完了嗎？咱們是不是要回京城了？」蘇宜思激動的問。

蘇顯武瞥了一眼身側的小姑娘，意味深長的問：「妳想跟著我回京？」

蘇宜思點頭。「女兒自然是要跟爹爹一起的。不過，不是回京，而是回家！」

這小騙子說得也太順口了。

「爹，您是不是還不相信女兒？」蘇宜思問。

蘇顯武抽回胳膊，坐在桌子前，給自己倒了一杯茶，道：「妳讓我如何信妳？」

蘇宜思蹙了蹙眉。確實，能說的都說了，證據也擺在眼前，她也不知道該如何讓爹爹相信了。若是換成她，估計也很難接受。

可她確實是爹爹的女兒。

蘇宜思快速思考記憶中關於這一年的事。她記得，爹爹提起過，因為這次回去，祖母重病，逼著父親訂親，然後父親被祖母留在京城大半年，直到成親後才回到漠北。

「祖母病了。」

「嗯？」蘇顯武先是詫異了一下，又問：「妳是說我母親？」

蘇宜思點頭。「祖母這次是真的病了。」

蘇顯武不置可否。

「從前祖母是以生病為藉口騙您的，目的是想讓您回去相看媳婦。不過，這回祖母是真的病了。」

蘇顯武很是驚訝，這小騙子竟然連他母親騙他的事情都知道！

兩個人正說著話，門外傳來了匆匆的腳步聲，雲劍推開門，把一封加急的信遞到蘇顯武手中。

「將軍，世子來信。」

蘇顯武接過來信，快速打開，信中寫道：三弟，四妹忌日那日，母親把自己關在房中一日，相思成疾，一病不起，速歸。

看完信，蘇顯武看向了蘇宜思，眼神中多了些什麼。

第二日一早，一行數十人朝著京城而去。

從鎮北城離開的時候，這數十人皆騎著軍中的快馬，披星戴月，簡裝而行。

這會兒，數十人分成了兩隊，前面十六人，後面十六人，中間是一輛寬敞的馬車。

因著天不亮他們就啟程了，所以一上馬車蘇宜思就睡著了。不過，在馬車上睡總不如在客棧床上睡舒服，太過顛簸。

這不，路過一個大坑，蘇宜思從睡夢中驚醒。

蘇顯武正看著書，一看躺在榻上的姑娘要醒了，連忙低聲吩咐外頭駕著馬車的屬下。「看著點兒路，慢些。」

「是，將軍。」

跟著的其他隨從互相看了幾眼，全都驚訝得不得了。

按照他們將軍的性子，昨晚收到家書，立時就應該啟程了。可將軍卻是今早才啟程，還讓他們弄了一輛馬車。不僅如此，還買了不少姑娘家愛吃的小零食，等到天亮時才出發。

這會兒也是慢悠悠的，讓人覺得騎馬都不得勁。

蘇宜思還是醒了過來。

她揉了揉眼，看向了坐在馬車裡的蘇顯武。「爹！」

雖說聽了兩日，可今日聽到這個稱呼，蘇顯武心裡還是一顫。

他本不該坐在馬車裡的，他也不願困在馬車裡，但他有事要交代蘇宜思，不得已才在這裡和她一起。

「我有事要交代妳。」

「爹您說。」

說著，蘇宜思看到了桌子上的小零食，有醃梅子，還有葡萄乾、瓜子等，一看就是給她準備的。

她知道，她爹並未完全信她，可即便是如此，她爹還是對她這麼好。果然，她爹爹是天底下待她最好的人。

蘇宜思愉快的笑了。

蘇顯武瞥了她一眼，道：「回京後，妳就說妳是我從族裡帶回來的孤兒，無父無母，是我……」

「爹，您不能這麼詛咒自己。」

蘇顯武噎著了。「咳，妳跟我年齡相仿，就說跟我是同輩人，是我妹妹。」

「那不行，這就亂了輩分了，您是我爹。」蘇宜思拒絕這個提議。

蘇顯武微微皺眉。他之所以下定決心帶上她，是因為她長得跟他妹妹太像了，而母親如今正思念著妹妹，若是見著她，說不定病就好了。

除此之外，還有別的原因，就是他總覺得這姑娘有種莫名的熟悉感。
可他沒想到這小姑娘沒答應，這就難辦了。
「爹可以說我是宜字輩的，是您的晚輩。」蘇宜思提出自己的想法。
平輩……晚輩……似乎也沒什麼區別。
罷了。
向來不會輕易改變主意的蘇顯武，這一刻並沒有堅持。「好。」
「爹，您嚐嚐，這個梅子可好吃了。」說著，蘇宜思遞給了蘇顯武一顆梅子。
這梅子一看就酸得很，還沒吃呢，蘇顯武就覺得牙齒要酸掉了。
「呀，我忘了，爹爹不愛吃酸的，那我自己吃好了。」蘇宜思把梅子塞到自己嘴巴裡。
蘇顯武認真且嚴肅的交代。「我不管妳是誰，有何目的，往後都不要再說是我的女兒。」
見蘇顯武冷了臉，蘇宜思抿了抿唇，眼眶微紅。「可我就是爹爹的女兒啊。」
蘇顯武眉頭皺得越發深了。
「爹是不想要女兒了嗎？」
蘇顯武握了握拳，嘆氣。「罷了，人前妳絕對不要那樣叫，記住剛剛說的身分，別說漏嘴了。」

「嗯，女兒記住了。」

蘇顯武長嘆一聲，留下一句話。「有事叫我。」就掀開簾子出去了。

他也沒坐在馬車上，而是上了馬。

行了一段後，蘇顯武低聲問身側的雲劍。「你說，我跟那小姑娘是不是長得特別像？」

雲劍面露疑惑，不懂他家將軍這話是何意？

「我的意思是，若是我將來有了閨女，是不是也長得像她那個樣子？」

雲劍無言以對。

他家將軍怎好意思這樣問。那小姑娘模樣俊俏，長得嬌滴滴的，一副嫩生生的模樣。他家將軍五大三粗，虎背熊腰。怎麼可能是父女？人家小姑娘叫他兩聲爹，他就真覺得自己能生出這麼好看的女兒了。

蘇顯武怒了。「你大爺的！你這是什麼表情，本將軍問你話呢？」

若非在馬上，他肯定一腳踢過去了。

「咳。那什麼，若是您想生出這麼好看的女兒，那得找個絕色夫人。」

蘇顯武抿了抿唇，臉上神情不怎麼好看。

「你們慢慢走，我先去前頭驛站等你們。」說著，蘇顯武一夾馬腹，快速朝前行去。

自從遇到蘇宜思，蘇顯武這兩天腦子就很亂。

他一向是個冷靜理智的人，從不相信怪力亂神那些事情，可前日發生的事情，卻像是在他心裡扎了根一樣。

不知為何，一見到那小姑娘，自己所有的原則都沒了。

他明明不是個憐香惜玉的人。

他懷疑她，不相信她，卻屢次打自己的臉，還把她帶在身邊，帶到京城去。甚至怕到了京城別人懷疑她，特地去族裡給她弄了個正經身分，他真的覺得自己瘋了。

聽說南疆有一種蠱毒，能讓人迷失心智，這小姑娘不會給他下了蠱吧。

半個時辰後，馬車到了前面的驛站。

蘇宜思剛下馬車，就看到了一個身形挺拔，容顏俊朗，身著鎧甲的男子闊步走了過來。身側的隨從們還沒反應過來，她頓時眼睛一亮，朝著那男人撲了過去。「爹……叔叔，您好帥啊！」

她爹年輕時真好看啊，怪不得總是說自己勾得小姑娘們都想嫁給他。

蘇顯武向來臉皮厚得很，聽到這話，臉上露出一絲不自在。

護衛們終於回過神，朝著蘇顯武行禮。

把馬車安置好，蘇顯武故意落後幾步，問走在最後的雲劍。「這回像了吧？」

雲劍看了又看，除了兩隻眼睛、一個鼻子、一張嘴，他實在沒看出來哪裡像。

蘇顯武嘴角抽了抽，道：「行了，閉嘴吧你！趕緊吃飯，吃完趕路。」說著，大步走進了驛站。

雲劍滿臉困惑，他剛剛說啥了？將軍這幾日真的是喜怒無常。

蘇宜思卻很喜歡她爹的這一身打扮，真真是好看。她記得她娘說過，第一次見她爹時，被他的大鬍子嚇到了。

「爹，您以後別留鬍子了，這樣最好看了，這樣一走出去旁人就知道咱們是父……是一家人。」蘇宜思差點又說漏嘴。

這樣，她娘肯定就不會被爹爹嚇到了。

蘇顯武被女兒的話治癒了，得意的看了一眼自己的好兄弟雲劍。

雲劍看了看自家將軍，又看了看小姑娘，心想，這二人肯定是一家人。因為，眼神都不好使。

走了七、八日，蘇顯武一行人終於到了京城。

到京城前，蘇顯武又交代了蘇宜思。

「爹放心，女兒絕不會出紕漏的。」蘇宜思想，她怎麼可能出紕漏呢，她本就是府中的姑娘。

馬車很快就到了巷子裡，一下車，蘇宜思就看到門口的牌匾。

安國公府那四個字寫得龍飛鳳舞，瀟灑至極，在陽光下熠熠生輝。旁邊的幾處府邸與他們府相比，都顯得灰暗了不少。

將來的平南將軍府尚不存在，海國公府、長公主府甚至還沒蓋起來。國公府門口的石獅子、臺階，全都打理得乾乾淨淨，門口有兩人身著鎧甲，守著府門。

這一切看起來，都氣派極了。

原來，府中老人們跟她講的都是真的，他們平安侯府，也曾經輝煌。

想起將來侯府的情形，蘇宜思感覺心裡酸酸的，眼眶有些濕。

蘇顯武正欲往府中去，突覺身側之人的異常，瞧她這副驚訝的模樣，蘇顯武試探的問了一句。「妳不是一直說是我女兒嗎？既然是我女兒，肯定住在國公府中，妳怎會一副沒來過的樣子？」

說完，就緊緊盯著蘇宜思，不錯過她臉上任何一絲神情。

他想看她露出破綻。

蘇宜思卻沒多想，她仍沈浸在自己的思緒中。

只見她吸了吸鼻子，用帕子抹了抹眼淚，轉頭看向蘇顯武。「爹可曾聽過一句話，人無千日好，花無百日紅？」

蘇顯武微微一怔。

「咱們府，沒落了。」蘇宜思低聲道，聲音裡透露出一絲壓抑與悲涼。

蘇顯武震驚的看向女兒。

怎麼可能！他父親與皇上從小就在一處，關係甚篤。他們一向支持皇上的決定，是皇上最忠誠的支持者。兵權什麼的，只要打完仗，立馬就會交到皇上手中，從不惹皇上猜疑。

皇上也最器重他們家。

「為何……」

話剛剛出口，就見蘇宜思看著他，甚是真誠的說道：「女兒比不上爹爹，從小生活條件就這麼好。女兒出生的時候，咱們家就已經沒落了，唉。」

這話說得很是遺憾。

蘇顯武突然覺得有些心疼，這是怎麼回事。不對，她是個騙子啊，他為什麼要相信一個騙子的話。

因為府裡每次給蘇顯武寫信，他都沒回來過，這回，眾人也不知道能不能等到他，所以門口並沒有迎接他的人。

這是蘇顯武從小長大的地方，他熟得很，直接帶著人進去了。

進入府中，蘇宜思感覺陌生極了。

因著與隔壁的平南將軍府不合，所以隔牆而臨的兩家人很少打交道。別看離得這麼近，蘇宜思活了十五年，也只去過兩、三回。

府中的下人們，她當然多半也是不認識的。只有那麼一、兩個有些眼熟，因為從國公府降為侯府，府中的下人們也遣散不少。

不過，一些年長的下人在看到她時，全都是一副見了鬼的表情。

蘇顯武瞧見那些下人的神情，面露不悅，他下意識擋在蘇宜思面前，道：「妳別在意，下人們不懂事。」

蘇宜思看著面前高大的身影，心裡暖暖的。「嗯，都聽爹……叔叔的。」

看她這般懂事乖巧讓人心疼的模樣，蘇顯武突然手有些癢，想摸摸她的頭髮。可，這般做，讓人瞧見了，不合禮儀。

「嗯，走吧。」

等快到正院時，府中的主子終於聽到門房通報，出來了。

安國公府世子蘇顯德一臉怒氣，上來就是一拳。

「蘇顯武，你怎麼才來！我給你的信你十日前就收到了吧？竟然來得這麼慢！娘平日裡日日唸著你，你竟然這般涼薄，連母親也不管了嗎？」

蘇顯武一時不防，被打倒在地。他擦了擦嘴角，一句話沒解釋。

「你沒聽到我說的話嗎？蘇顯武！」蘇顯德彎腰在地，眼眶紅紅的，一把抓起弟弟的衣領怒吼。

母親病了多日，而且病越來越重，他日日擔心著母親的身體，生怕有什麼閃失。同時他也盼著弟弟趕緊回來看看母親，可弟弟竟然拖了這麼久才回來，顯然是沒把母親放在心上。回想母親對他們無微不至的照顧，蘇顯德又難過、又氣憤。這會兒見著了自家弟弟，就沒忍住打了他一拳。

蘇宜思被眼前的情形嚇呆了，等她回過神來時，連忙蹲下身子，推了一把蘇顯德。

「你幹麼打我爹！不許你打我爹！」

蘇顯德亦是從小習武，雖沒上戰場，但也是武將，這會兒卻輕易被蘇宜思推倒在地。

本來蘇顯德是被「爹」這個字驚到了，然後，在看到面前姑娘的長相時，立馬把那個稱呼拋之腦後，滿臉震驚的看著她，呆呆的，嘴哆哆嗦嗦的，一個字也說不出來。

「收到信之後爹……三叔……他就趕來了，是因為要帶著我，所以才走得慢。他心裡也很記掛祖母，您要怪就怪我吧。」

「四……四妹妹……」蘇顯德喃喃道。

外面鬧了這麼大的動靜，裡面的人早就聽到了，全都出來了，站在院子裡。

大家本想勸勸兄弟倆不要打架，可在看到院子裡的蘇宜思那一刻，所有人都失聲了。

寂。

十月的風微微涼，盛夏濃密的綠葉漸漸被秋日的枯黃取代，世界從繽紛鮮活變得有些死

可眼前的姑娘，身著鵝黃色的衣裙，卻像是一抹最鮮亮的存在。

第五章

蘇宜思去裡面看國公夫人了。

看到祖母靜靜躺在帳內，蘇宜思的眼淚一下子就流了下來。

她不由得想到，祖母出殯那一日，也是這般，靜靜的躺在那裡，像是睡著了一般。可，卻再也沒醒過來。

到祖母去世百日，她哭了無數次，很多個夜晚，枕頭都是濕的。

她知道這輩子都不可能再見到這個疼愛她的長輩，沒想到今日竟還能再見著。而且，手是熱的，人是暖的。

床上的人似是有所察覺，緩緩睜開雙眼。在看到眼前之人時，眼中迸發出異樣的光彩，她手微微抬了起來，摸了摸小姑娘的臉。

「祖母！」蘇宜思再也忍不住抱著周氏痛哭。

床上的周氏也哭了起來，聽著她們的哭聲，屋內的其他人也默默流淚了。

就連安國公世子眼眶也有些濕潤。

察覺到自己的失態，蘇顯德忙眨眨眼，把眼淚憋了回去。再側頭看自家三弟，這才發現三弟的眼眶都紅了。

「三弟，你這是從哪裡找來的戲子，模樣跟四妹妹長得像，哭得也這麼真。」一旁的二爺蘇明玨酸酸的道：「還是你有辦法，知道如何討母親歡心。」

果然還是親生的好啊，雖然嫡母之前日日罵他這個三弟是個狼心狗肺、不顧念父母的東西，可他知道嫡母心裡還是更喜歡三弟。三弟呢，也知道母親最需要什麼。

聽到戲子二字，蘇顯武皺了皺眉。

蘇顯德瞪了一眼自家二弟。「二弟，慎言。」

從第一眼看到蘇宜思的震驚，這短短幾個照面，一言一行，讓蘇顯德覺得這姑娘出身不單純。而且，她對三弟的維護，以及對母親的關心，也不像作假。

蘇顯武可沒這麼客氣。「二哥，你對母親不用心，就懷疑旁人也是如此，是何道理？」

「你……你……三弟，你這話誅心啊！」蘇明玨指著蘇顯武，哆哆嗦嗦道。大魏朝重孝道，蘇顯武這是說他不孝。沒想到幾年不見，蘇顯武說話還是這麼難聽。

「呵，誅心？我可比不上二哥。好好的一個姑娘，被你說成戲子，難道就不誅心嗎？」

蘇顯武懟得蘇明玨啞口無言。

說罷，蘇顯武也朝著屋內走去。

等蘇明玨反應過來，還要跟蘇顯武爭論時，被一旁的蘇顯德拉住了。「二弟，母親還病著呢，你就別添亂了，讓母親省省心吧。」

蘇明玨張了張口，臉脹得通紅，最後什麼都沒說出來。

他們這是瞧著他是庶子，瞧不起他啊！一時間，蘇明玨心裡難受得緊。

蘇顯德和蘇顯武可沒空搭理他，兄弟二人先後去了屋裡。

屋裡，祖孫二人已經不哭了，周氏正抓著蘇宜思的手，靜靜看著她。

蘇宜思看了一眼放在矮桌上的藥，端起來，道：「祖母，吃藥吧。」

周氏猶在夢中，順從的吃藥。

「娘，不孝兒回來了。」蘇顯武撩開衣襬，跪在地上磕頭。

周氏像是沒聽到一般，依舊含笑看著蘇宜思。

蘇顯武跪在地上許久他娘都沒反應，他又說了一遍。

「娘，兒子回來了，給您磕頭了。」

周氏依舊沒理他，靠著身後的枕頭，一口一口吃著藥。

蘇顯武不確定他娘到底是真的完全忽略了他，還是故意的。畢竟，他這幾年是真的沒聽他娘的話。

當蘇顯武遲疑著要不要說第三次時，蘇顯德扯扯他的衣裳，示意他別說了。看著眼前的溫馨景象，真不知道二弟從哪裡找來的姑娘，長得也太像妹妹了。

吃過藥，周氏躺下了。

「祖母，您睡一覺，病很快就能好了。」蘇宜思像照顧一個孩子一般，輕輕拍著周氏的背。

讓人驚奇的是，剛剛睡醒的周氏很快又睡著了。

可即便是睡著了，周氏仍舊緊緊抓著蘇宜思的手。蘇宜思也任由她抓著，一臉孺慕地看著周氏。

蘇顯武看著面前的情形，心想，這小騙子該不會真的是他來自未來的女兒吧？不僅對他熟悉，對他母親也這般熟悉。

事實上，後來周氏到了七旬後病就多了起來，病得重時常常認不清人，而她唯獨能認得蘇宜思，每次她生病了也是蘇宜思在照顧她。這些事對她來說是再簡單、再自然不過的事。

蘇顯武深深的看了蘇宜思一眼。

待周氏睡下，蘇顯德把蘇顯武叫出來。他心中有太多疑惑了，想問問究竟是怎麼回事。

這時，安國公回來了。

髮妻病了多日，他也告假多日。可朝中的事情太多，處理不過來，這幾日，他又去上朝了。一下朝，他就匆匆趕了回來。

見到小兒子，安國公心頭多了一絲喜悅，他拍了拍兒子的肩膀，道：「回來了。」

「不孝子給爹請安。」蘇顯武跪在地上給安國公磕頭。
安國公眼眶微微濕潤，把兒子扶起來。「回來就好，回來就好。」
說罷，又看了一眼屋內，問：「剛剛去看過你娘了嗎？」
蘇顯武點頭。「見過了。」
安國公再次拍了拍兒子的背，朝著正房走去。
一進去，他就看到了靜靜坐在髮妻床前的年輕姑娘，頓時，怔住了。曾在漠北指揮過千軍萬馬而不亂陣腳的他，此刻卻慌亂極了，上下嘴唇開合了幾下，也沒能說出一個字。
他閉了閉眼再張開，這姑娘還在。
他又揉了揉眼，竟然還在。
安國公不敢相信自己所見，他指了指蘇宜思，看向了兒子們。他想知道，是不是只有他能看到自己早逝的女兒。
蘇顯德朝著他爹點了點頭。
到了書房，安國公終於忍不住，開口問道：「這到底怎麼回事，剛剛那姑娘是誰？」
說這話時，他看的是長子蘇顯德。
父子倆對視了一眼，接著，蘇顯德看向蘇顯武。眼神中的意思很明顯，這事不是他幹的，是他三弟。

父親和長兄是蘇顯武在這個世上最信任的人，可在這一刻，他還是下意識對他們隱瞞了實情。

「妹妹忌日那一日，我去族中祭拜，在路上遇到了她。她無父無母，是個孤兒。本沒想把她帶回京城，可兄長信中說母親因思念四妹妹生了重病，兒子便想著，把她帶回來，看看能不能讓母親的病情好轉。」

對於兒子的話，安國公絲毫沒有懷疑。

畢竟，兒子的能力有多強他是知道的，而且，漠北還是他們蘇家家族根據地。若是在漠北也能被人騙到，那他兒子也不用再去上戰場了，直接回族裡看管祭田養老得了。

「怪不得與你妹妹長那麼像，原來是咱們族中的姑娘。」安國公道，說罷，又道：「她與你四妹妹長得像，也是一種緣分了。既然是孤兒，就把她留在府中吧。」

他們國公府家大業大，不差這一口飯。而且，長得與他早逝的女兒像，也是一種緣分。

「也算是一種念想……」說這話時，安國公眼神中的情緒複雜。這念想，或許不僅指的是國公夫人，還有他自己。

說完這事，安國公顯然情緒不高，又問了幾句關於周氏的病情，得知她今日的藥讓蘇宜思餵進去了，臉色好轉了些。揮揮手，讓兒子們退下去了。

這事安國公信了，蘇顯德可沒完全信。

一個族中的姑娘能對著他母親那麼真情實感的哭？而且，三弟是個什麼性格的人他清楚得很，最是不會憐香惜玉，這次怎麼這麼好心把人帶了回來。

可一出門，三弟就避開他的眼神，急匆匆往母親院子裡去。

他也跟在身後，去了母親院子裡。

站在門口時，正好瞧見那姑娘拿起帕子，一點一點給母親擦拭，舉手投足可見細心和修養。

擦拭完，又拿起佛經，輕聲讀了起來。聲音婉轉動聽，母親原在夢中睡得不舒服，聽到她的聲音，漸漸安心。

「孤女？」蘇顯德瞥了一眼自家三弟。

蘇顯武沒看蘇顯德，點頭。「嗯。」

蘇顯德卻盯著自家弟弟的眼睛，問：「她常年生活在漠北，怎會官話？」

蘇顯武頓了頓，道：「我教的。」

「那這京城的禮儀呢？」蘇顯德又問。

「也是我教的。」撒了第一個謊，第二個謊就順溜多了，蘇顯武一絲都未停頓，還一副驕傲的模樣。

「她怎知母親喜歡這一頁佛經，還讀得這麼熟？」

「咳，還是我。」蘇顯武有點兒說不下去了。

蘇顯德想，這種話他家三弟這個大老粗怎麼好意思說出口？

他自己如今操著一口漠北口音的官話，卻說教了別人？至於禮儀，他三弟最不耐煩學習了，更不會了。還有佛經，莫說教旁人讀了，他自己聽兩句就要頭疼。

他啥都不會，還教旁人？

他也……配？

不想說就不說，他也不是非得知道，何苦拿這些站不住的蹩腳藉口搪塞他。

「幾年不見，三弟的臉皮又厚了些。」

蘇顯武悶不吭聲。

雖然沒告訴兄長真實的情況，但還是很信任他，所以才敢在他面前這樣講。

蘇顯德也明白，他家三弟不想說。既然不想說，他就不問了，往後旁人若是問起，他就用剛剛的話遮掩過去。

總歸他信任自己的弟弟。

周氏病了，這些時日一直是國公府兩個兒媳以及庶女輪番照料著，可這其間，周氏常常吃不下飯，藥也很難餵。

如今蘇宜思一來，親自照看周氏，周氏這一整日既好好吃藥，也好好吃飯。

世子夫人吳氏觀察了一日，晚上休息時，忍不住問了自家夫君。「爺，那姑娘到底是什麼身分，怎麼跟四妹妹這麼像？」

吳氏嫁進來得早，自是見過國公府早逝的姑娘。

蘇顯德按照弟弟的說辭，道：「族裡的一個孤女，無父無母。」

吳氏點了點頭，琢磨了一下，又問：「那這姑娘該如何安置？」

如今周氏病重，國公府內宅的大小事務都是她在管理。她得知道，府中是如何打算的。

蘇顯德想，這姑娘的事情有些複雜，母親又如此親近她，怕是之後母親會親自安排。於是便道：「爹同意她往後都住在國公府中了。妳先把她安置在母親院子裡，等母親病好了，讓母親來安置。」

吳氏剛剛這個問題也是在試探，試探國公府對這個姑娘的態度。問清楚後，她也知該用何種態度對待她。

不說別的，光是小姑娘那一張臉，就會在府中得到優待。

果然如她所想，公爹留下了她。

「好，妾身明白了。」

過了半月，周氏終於不再像前些日子那般，日日躺在床上昏迷不醒了。這幾日，她時清醒、時昏迷。每回清醒時，就靠在枕頭上，靜靜聽著蘇宜思跟她講話。

太醫來府中問診時，驚訝的發現，國公夫人的病竟然迅速好轉了。

這個消息總算讓愁雲慘霧的國公府放晴了。

安國公一高興，大手一揮，把京城的一個鋪子送給了蘇宜思。

看到鋪子的位置，蘇宜思驚訝極了。這鋪子位置極好，直到她穿越前，鋪子還是他們府裡的，每個月能有百兩收入，是他們侯府重要的收入之一。

若是賣的話，怕是值萬兩。

蘇宜思覺得這個禮太重了，畢竟，這鋪子是府中比較重要的鋪子，她想要還給安國公。

蘇顯武得知此事，攔了下來，道：「給妳妳就拿著，不用還回去。」

蘇宜思覺得受之有愧，忙道：「這鋪子太貴重了，位置好，收益好，我不能要。」

蘇顯武看著面前小姑娘真心實意的模樣，覺得她甚是可憐。這孩子，是當真沒見過世面啊。之前還口口聲聲說是他女兒，現在看卻越發不像了。畢竟，他若是生了女兒，絕對會把最好的都給她，不會讓她這般沒見識。

「這哪裡算什麼好鋪子，這樣的鋪子，國公府少說也有上百個。妳祖父是覺得妳身無分文，想送妳當個零花錢。」

蘇宜思是真的嚇到了。

上百個？零花錢?!也太有錢了吧。

看著蘇宜思驚訝的樣子，蘇顯武有些得意。「咳，等妳祖母的病徹底好了，到時候我也送妳一個，保管比這個還好。」

蘇顯武覺得，他爹還是太小氣了。

這一刻，蘇宜思想到了府中的老人們常在她耳邊說過的話，他們侯府，很多年前在京城中數一數二，又想到了初來那一日，門口的盛況。

她爹總不會騙她，蘇宜思安心收下了鋪子。

蘇顯武看了一眼蘇宜思眼下的青黑，道：「妳今夜不要陪著妳祖母了，回屋去睡吧。」

「啊？」蘇宜思愣了一下。

正要反駁，蘇顯武卻狀似嫌棄的道：「妳看看妳，一個姑娘家的，幾日沒換衣裳了？頭髮也沒洗吧？這樣子，連府中的下人都不如了。妳晚上回去歇著吧，白天再過來。」

自從蘇宜思出生起，她爹就待她極好，從不對她說重話，有什麼好的東西都緊著她。

今日雖說她爹的話不太中聽，但她還是從中聽出她爹是在關心她。

不過，她最近一心撲在祖母身上，確實也邋遢了些，從前她可是要日日更換衣裳的。如今雖日日沐浴，卻想著沒出門，衣裳不髒，就沒怎麼換衣裳。

「等祖母睡了我就去洗，晚上還是我看著吧。」蘇宜思還是有些不放心。她已經經歷過一回祖母去世，不想再經歷一回。她生怕一離開，祖母又不見了。

蘇顯武皺了皺眉，道：「讓妳去妳就去，這麼多話做什麼。這麼大的國公府，又不是只有妳一個人，況且，太醫都說過了妳祖母的病已經好轉了。」

蘇宜思張了張口，想說什麼，但最終還是聽從了她爹的安排。

「謝謝爹！」

「咳，去吧。」

晚上，蘇顯武守夜。

半夜，周氏醒來時，瞧著趴在她床邊打盹的兒子，蹙了蹙眉。

蘇顯武在軍中待了幾年，早已練就了機警的本領。幾乎在周氏動了的那一瞬間，他就醒了過來，立馬殷勤的說：「娘，您需要什麼，跟兒子說。」

周氏瞥了他一眼，像是終於想起她這個久不回京的小兒子了，漠然的道：「你還知道回來？」

這幾日他娘時清醒，時昏迷，其實早就看到他了。可他娘跟旁人都會說說話，唯獨不理他，像是看不到他這個人一樣。

見他娘這會兒終於搭理他了，蘇顯武知道，這事算是過去了。他覥著臉笑著說：「娘這是說的哪裡話，兒子的家在這裡，自然是要回來的。況且娘這般想兒子，兒子總要回來盡盡孝。」

「哼。」周氏冷哼一聲沒理他。

蘇顯武像是沒看到周氏的冷臉般，去給周氏倒了杯水。

周氏喝完水就躺下了。看那樣子，還是不想搭理她這個小兒子。

蘇顯武訕訕的笑了笑，躺下睡了。

許是因為這段時日一直沒睡好，昨晚蘇宜思睡得很香。而她本就嗜睡，這一睡下去，醒來就晚了些。再者蘇顯武交代下人不要擾她，等她醒來時，已經辰正了。

瞧著時辰，蘇宜思連忙起床去了周氏的屋裡。

此時各房請安的人已經離開了，屋內只有周氏和蘇顯武兩個主子。

一個冷著臉，一個陪著笑。

「這麼熱的湯，你是想燙死為娘不成？」周氏冷臉斥責。

蘇顯武因為有些著急，餵湯的時候灑出一些。此刻他連忙手忙腳亂的拿起一旁的帕子，胡亂擦了擦濺在周氏手上的湯汁。

「笨手笨腳。」周氏繼續嘲諷。

蘇顯武在戰場上是能指揮千軍萬馬的，此刻卻像個犯錯的孩子，被大人訓得暈頭轉向。

這時，蘇宜思走了過來。

蘇顯武瞧著過來的人，心裡激動得不行。

「祖母。」蘇宜思朝著周氏行禮。

「好孩子，快起來、快起來，不必行如此大禮。」

打從見到蘇宜思起，周氏的冷臉就不見了，取而代之的是如春風般和煦的笑容。

若說一開始周氏是把蘇宜思認錯了，因著她這張臉才喜歡她，那麼這段時日以來，她是真的喜歡這個小姑娘了，不僅禮數周到，有大家風範，還特別細心、會照顧人。

尤其是那一雙眼睛，很是清澈，一看便知是個心思純善的好孩子。

雖只認識了半月，周氏卻覺得她親切得不得了。

蘇宜思站起身來，沒有朝著周氏走去，而是繼續請安，給蘇顯武請安。

「見過三叔。」

「咳，妳總算是來了，母親從剛剛就一直在念叨妳。」蘇顯武壓抑住內心的喜悅說道。

這些時日母親一直把視線放在蘇宜思的身上，這會兒蘇宜思來了，母親就不會一直抓著他，訓斥他了。

且今日三皇子約他去茶樓一敘，眼瞧著就要遲了。

周氏一聽這話，誤以為兒子在怪小姑娘來得太晚了，立馬道：「你這是說的什麼混帳話！這孩子一直在照顧我，累著了。」

蘇宜思倒沒這種想法，她知道爹爹是關心她的。她也知祖母為何這般待父親，祖母這是怨父親這幾年不著家。

不過，她倒是沒想到，年輕時的父親在祖母面前是這個樣子。她記得有記憶以來，父親非常穩重，沒了稜角，也不會在祖母面前這般，祖母跟父親之間也是客客氣氣的。

如今這般，倒是多了幾分趣味，家裡也多了幾絲活氣。

蘇顯武就不明白了，他說啥了？怎麼就又挨訓了。

不管為啥，認錯總是沒錯的。「母親說得是，都是兒子的錯。」

周氏瞥了兒子一眼，道：「你出去吧，看到你就來氣。」

蘇顯武心裡一喜。

不過……母親今日看起來心情似乎不太好，老是喜歡正話反說。若他此刻真的走了，會不會惹得母親更生氣呢？

母親正病著呢，要不，他還是餵母親吃過飯再去吧。

「兒子等您吃過飯再走。」蘇顯武端起湯，想要繼續餵周氏。

蘇宜思看了她爹一眼。

爹爹年輕時的想法真的很簡單，跟以後的不動聲色不一樣。她一眼就瞧出爹爹的想法想走，又有顧慮。

「三叔，我來照顧祖母吧，您累了一夜了，去好好休息吧。」

蘇顯武看了蘇宜思一眼，感激得不行。他這便宜女兒，還真是孝順。

周氏也道：「走吧走吧，當我不知道你的心思不成。」

周氏向來疼自己這個兒子。這些時日之所以冷臉待他，是因他多年不歸。她多次想跟他說親事，他都變著法子給推脫了。

蘇顯武訕訕的笑了笑，交代了蘇宜思幾句，就離開了。

餵周氏吃過飯，蘇宜思服侍她躺下。

她正在給周氏蓋被子，就聽周氏道：「其實，我早就知道妳不是我女兒，只是有時候，不願面對現實。我總覺得，萱兒還在我身邊。」

蘇宜思微微一怔，又繼續給周氏蓋被子。

「我聽老三說是從族裡把妳帶回來的？」周氏問。

蘇宜思點頭。

「妳叫什麼名字？」

蘇宜思嘴角露出一絲笑。「蘇宜思。」

「蘇宜思……思兒……」周氏喃喃叫了兩聲。「這名字真好聽，誰給妳起的？」

蘇宜思抬頭看著周氏的眼睛，笑容加深。「祖母起的。」

「思兒，思兒……」周氏又叫了兩遍，笑了。

片刻後，周氏道：「聽說妳沒有親人了？往後妳就住在這裡吧。」

聽兒子說，是在女兒忌日那天見著眼前這個小姑娘。這不正是老天賜給他們的緣分嗎？若不是差了輩分，她都想認她做女兒了，日日聽著她叫自己母親，就像是女兒還活著一樣。

不過，這對這小姑娘也不公平。這是個善良的好姑娘，這些日子她能感受出小姑娘待她的好。

她對這個小姑娘莫名有種親切感，她也不是誰的替代品。

周氏握著蘇宜思的手，真切的道：「府中人就是妳的親人，我就是妳的祖母。」

蘇宜思眼眶微熱。「好。」

真好。

即便是跨越了時空，即便不知道她的身分，她的親人們，待她依舊如往日。

蘇顯武出了門就騎著馬朝著南門大街上的一家茶樓行去。

這間茶樓在京城中不算是最大，客人也不多，從外觀看起來低調得很。但，知曉茶樓背後主子的人卻不敢小覷。無他，這茶樓的主人正是當朝極受皇上重視的三皇子。

因安國公與皇上關係甚篤，蘇顯武兄弟幾個自小便與宮中的幾位皇子玩在一起。

而幾位皇子中，蘇顯武最喜歡的就是這位待人周到，讓人如沐春風的三皇子。

至於其他幾位與他年紀相仿的皇子……

一位滿口的之乎者也，讓人聽得頭疼，一位病弱，另一位……呵，不提也罷。

若是前幾日三皇子約他，他還真沒心情，畢竟母親病著。這幾日，母親的病大好了，他也回來好些日子了，不去見見那些好兄弟也不行。

不過，按照三皇子周到的性子，怕是知曉他母親好了才約他的吧。

等到了茶館，聽著眾人的談話，蘇顯武就知道自己猜對了。

「阿武，可算是見著你了，前幾日本想去府中找你，可聽修遠說國公夫人病重，便沒去打擾。」一位二十多歲，身著桃粉色華服，頭戴玉冠的男子說道。

這位是文忠侯之子，溫元青。

他口中的修遠則是三皇子的字。

「阿武多年未歸，雖然咱們想他，但想必國公夫人才是最念他之人，怎好打擾他們母子團聚？」三皇子開口了，說罷，又看向了蘇顯武。「我昨日聽孫太醫說國公夫人的病已好轉，可是真的？」

三皇子關切中又帶著一絲期待，讓人一看便知是真的關心國公夫人的病。

蘇顯武看得出三皇子對母親的關切，道：「確實如此，母親的病已經大好。」

三皇子鬆了一口氣。「那便好，那便好。雖我想去探望國公夫人，但聽說需要靜養？等國公府設宴時，我定要上門叨擾。」

安國公夫人病重，探望的人極多，前些日子怕擾了清淨，開始閉門謝客。按照以往的規矩，等主人家病好了，定是會請人來府中做客的。

「您客氣了。」蘇顯武以茶代酒，敬了三皇子一杯。

隨後，幾人便聊起了其他的事情。

沒幾句話，溫元青便提到了太子及朝中的幾位皇子。

蘇顯武垂頭喝著茶，沒做聲。

三皇子瞥了蘇顯武一眼，適時把話題轉移了。

「幾年不見，阿武身板看起來又壯實了些。」

這是蘇顯武引以為傲的事，他拍了拍自己的胳膊，得意的說：「我常年在軍營待著，日日訓練。」

接著，三皇子就順勢問起蘇顯武在漠北的事情。

這是蘇顯武最感興趣的話題，一提到這個，他臉上便流露出自信的神情，嘴裡也開始滔滔不絕，跟剛剛的沈默判若兩人。

三皇子面上始終帶著微笑，時不時問幾個問題。

「阿武口中的漠北真好啊，若是有機會，真想去看看。」三皇子眼中流露出憧憬。
蘇顯武立馬道：「是要去看看的，這京城小得很，把人都束縛住了，還是漠北好。」
幾個人說了一會兒話，瞧著時辰，蘇顯武不得不告辭了。
母親還病著，他也有些不放心。
眾人欲留他，三皇子道：「總歸阿武一時半刻也走不了，咱們總有見面的時候，也不急在這一時。」
蘇顯武感激地看了眼三皇子，與眾人告辭。
騎上馬之後，蘇顯武就朝著歸安巷行去。

第六章

臨近年關時，周氏的病終於好了。

這一個多月來，蘇宜思一直陪在周氏身側，細心照料她。一開始那幾日，晚上就睡在她的臥榻旁，後來晚上雖然不值夜了，但也是日日待在周氏的屋裡。

周氏也越發喜歡這個族中來的小姑娘。

周氏病了的頭一個月，各個達官貴人家的，沒少過來探望她。後來國公府怕吵到周氏養病，便謝絕了客人。如今周氏病好了，自然是要感謝眾人前來探望的好意，同時，也要向京城人宣告，國公府的女主人好了，接下來可以恢復應酬了。

宴席的前幾日，蘇顯武來找蘇宜思，還帶來一張房契。

「啊？爹這是何意？」沒人時，蘇宜思還是喜歡稱呼蘇顯武爹。

蘇顯武也早就習慣了這個稱呼，他坐下，給自己倒了一杯茶，道：「這是我之前答應妳的，只要妳祖母病好了，就給妳一間鋪子。」

說罷，蘇顯武還特意強調一句。「這鋪子，可比妳祖父給的值錢多了。」

蘇宜思打開手中的房契，大為驚訝。真的如爹所說，地段比祖父給的好，店面也更大。

從前，她從沒聽說過府裡有這鋪子，也不知之後屬於哪個人家了。

「多謝爹！」蘇宜思愉快的收下了房契。

蘇顯武還以為她要推辭幾下的，結果準備好的話都沒派上用場。

他終究忍不住，問道：「怎麼妳祖父給妳，妳尚且知道推讓，我給妳，妳就收著了。」

蘇宜思開心的藏好房契，一臉理所當然。「您是我爹，您給我東西我為何不能收？」

蘇顯武先是一怔，騙人的話說久了，她自己已經全信了？後又覺得小姑娘跟他親近，便沒再計較此事。

「不過，我可是有條件的，妳得給我辦一件事。」

蘇宜思問也沒問，爽快的道：「沒問題，爹直接說就行。別說是一件事，十件事都沒問題。」

這話讓蘇顯武很受用。

想到自己要讓她做的事，蘇顯武不自覺壓低了聲音，小聲道：「宴席那日，妳哪裡也不要去，就跟在妳祖母身側。看看她跟哪家夫人說話時間最長，再看看她見了哪家的姑娘。」

聽著蘇顯武話中的意思，再看他不自在的臉色，蘇宜思頓時明白她爹是什麼意思。

想到後來發生的那些種種，爹娘之間蹉跎的時光，蘇宜思著急的道：「爹，您是要娶娘的，怎麼可以相看別的姑娘！」

蘇顯武這才想起，他怎麼把這事給忘了。

這小騙子一直說他是她爹，那她娘是誰？她總不會是從石頭縫裡蹦出來的，騙人總是要編全套的戲吧。

他倒要看看，這個謊，她要怎麼圓。

「所以，妳娘是誰？」

聽到這個問題，蘇宜思愣住了。她到底該不該告訴爹爹娘是誰呢？

若是她說了，能不能幫助爹娘在一起？現在的爹爹明顯沒那麼相信她。會不會……她說了反倒起了反效果，成為爹娘在一起的阻礙。

可若是不說，會不會又跟原先一般，爹娘要多年後才能在一起。

這一刻，蘇宜思糾結了。她本不是個糾結的性子，可面對爹娘的終身大事，還是不敢輕率。

蘇顯武卻覺得鬆了一口氣。

這麼久了，他終於發現這個小騙子的漏洞了。他差一點點就信了這小騙子真的是來自往後的人了，不得不說她偽裝得也太好了。

至於那日在沙漠中看到她從天而降的詭異情形，他暫時拋在腦後。

「怎麼，編不出來了？」蘇顯武笑著問。

蘇宜思抿了抿唇，沒說話。

「記住我剛剛說過的話，宴席那日，定要給我打聽清楚了，妳祖母到底看中了哪家的姑娘。」蘇顯武認真的又交代了一遍。

即便證實她是個小騙子，蘇顯武也沒打算攆她出去。他能感覺到，這小姑娘是真的喜歡母親，也與他親近。

至於為何要騙他，肯定是有不得已的苦衷，往後他會慢慢查清楚的。

夜已深。說罷，蘇顯武站起身，準備離開。

瞧著蘇顯武要離開，蘇宜思連忙站起身，扯住他的衣袖。

難道真的要眼睜睜看著爹娘所娶和所嫁非人，再蹉跎那麼多年嗎？

不，不行。

蘇宜思決定賭一把。說了，尚且能有一線希望，不說，只能重蹈覆轍。

蘇顯武回頭看了過去。

蘇宜思看著他的眼睛，認真又清晰的說道：「爹，我娘是禮部尚書之女。」

聽到這個答案，蘇顯武微微一怔，問：「禮部尚書？」

說這話時，他的眼神中流露出一絲怪異的神情。

蘇宜思再次想了一遍。她記得，娘跟她講過，外祖父當年曾任禮部尚書。

「對，就是禮部尚書楊硯文之女。」蘇宜思肯定的道。

蘇顯武想，這番話還不如不說。這小騙子的神情顯得這麼真，可總歸已經露出馬腳，後面這番找補的話只顯得更假。也不知是哪個人教她說的這一番話，也沒考慮一下當前的朝局。

瞧著蘇顯武臉上的神情，蘇宜思直覺哪裡有不對勁的地方，她試探的問了一句。「您認識娘？」

蘇顯武也沒賣關子，道：「妳可知，如今禮部尚書空懸了。」

若是今日沒去見三皇子，蘇顯武還不能這般肯定。而他今日見了，也聽到眾人對朝政的議論。前一任禮部尚書，月前剛剛告老還鄉。皇上尚未決定何人任職，此時，這個職位空了下來。

蘇宜思微微一怔。竟然……沒有禮部尚書。

這怎麼可能。

她清楚的記得，她娘說過這件事情。而且，外祖自己在家喝悶酒時，也提及過自己任尚書時的種種。

這麼重要的官職，肯定不會空缺太久，也不會更換太頻繁。算起來，母親應該是明年成親，那麼很可能外祖就是下一任禮部尚書。

「女兒說錯了，外祖是下一任禮部尚書。」

這就更離譜了。

蘇顯武今日聽文忠侯之子提及過，下任禮部尚書大抵會是三皇子妃娘家那邊的人。雖他不記得究竟是何人，但可以肯定的是，不姓楊。

唉，這麼可愛的小姑娘，怎麼就被人蒙蔽這麼深呢？

瞧著蘇宜思認真又執著的模樣，蘇顯武忍不住抬手摸了摸她的頭髮，道：「乖女兒，天不早了，洗洗睡吧。」

晚上，蘇宜思想到她爹交代的事情，想到她爹還是不信她，輾轉反側，睡不著。

第二日一早，便頂著兩個大大的黑眼圈。

蘇顯武剛剛去給周氏請安，從裡面出來。瞧著她這副模樣，關切的問：「這是怎麼了，沒睡好？」

難不成是擔心自己的騙局被識破，給嚇的？他昨晚也沒說要把她怎麼著吧。

「妳……」蘇顯武話還沒說完，就被打斷了。

「爹爹，女兒想了一晚。外祖可能如今還不是禮部尚書，但他叫楊硯文是能肯定的，您要娶的人就是楊硯文之女。」她思來想去，還是決定讓爹爹重視這件事情。

她外祖既然能官拜禮部尚書，定然不會是寂寂無名之輩，她爹肯定能找出來。

蘇顯武頓時覺得自己白擔心了，這小騙子竟然還在騙他。

可看她認真的模樣，他又說不出責備的話。

罷了，不搭理她便是了。

「妳祖母說要給妳做幾件新衣裳，妳快進去看看吧。我還有事，先出門了。」說罷，蘇顯武匆匆離去。

蘇宜思看著蘇顯武的背影，抿了抿唇，微微蹙眉。

今日天氣不錯，三皇子約他們出來打馬球。

一場酣暢淋漓的比賽結束，蘇顯武勝了，心裡也爽快了。

「阿武好厲害。」

「果然，有阿武在，咱們想不贏都難。」

「廷和，你們服不服？」溫元青得意的問。

只見對面那錦衣男子一臉不服，嗤笑一聲。「還真當自己厲害不成？若不是蘇家三郎，就憑你們，也能贏？」

「你管我們怎麼贏的，總之今日就是我們贏了！」溫元青厚著臉皮道。

不知從何時起，京城中的世家子弟漸漸分為了兩派。愛讀書的、在府中掌握實權的繼承者們，都喜歡跟三皇子在一處。

而那些整日不喜讀書、上房揭瓦的紈袴子弟們則自動歸成了一派。

這兩派人常常喜歡比試，不是今日比吟詩作對，就是明日比騎馬射箭。但凡哪邊輸了，總要隔幾日再比一回別的，找回場子。

這一年來，三皇子這邊回回打馬球都是輸，今日總算是找回場子了。

「那日對詩，你們可是也輸給我們了。」溫元青又補了一刀。「連輸了兩回。」

「我呸！我當你這個縮頭烏龜今日怎麼突然過來受虐了，原來是請了外援，當真是勝之不武。」邵廷和忍不住罵道。

邵廷和，長公主之子，從小就不喜讀書，擅長騎馬打獵，在這一方面，京城中的公子哥兒鮮少有人能贏他。他昨日還在想溫元青為何突然找他下戰書，原來是請了幫手。

對於邵廷和的話，溫元青一點都不見動怒，繼續得意的道：「阿武怎麼能算是外援呢？他本就是我們這邊的，可不能因為他久不回京就把他排除在外。」

「你！」

越說，兩邊越是劍拔弩張。

蘇顯武倒不知裡面有這麼多事。他多年不回京城，對京城這些事並不知曉，只覺這樣的事當真讓人厭煩。好男兒當志在四方，保家衛國，馬球不過是消遣的玩意兒，有什麼好較真兒的。

只不過，溫元青畢竟是他們一隊的，因此便道：「輸了便輸了，費那麼多口舌做甚？」

邵廷和雖不服溫元青，但對蘇顯武是佩服的。因此，便忍了這一口氣，策馬帶著人離開了。

在他身後響起陣陣笑聲。

看臺上，三皇子笑著看身側之人。「五弟，如何？」

只見五皇子身著一襲湘妃色衣袍，隨意的坐在那裡，細長的手指端著一杯酒。一雙上挑的桃花眼似笑非笑，似醉非醉。雖己方輸了比賽，臉上卻不見絲毫不悅，彷彿早已知曉結果一般。

瞧著場上的蘇顯武，他的嘴角露出一絲玩味的笑，緩緩說道：「還是三哥厲害，文武雙全啊。」

也不知這「厲害」究竟指的是三皇子的人贏了馬球，還是指旁的什麼。

三皇子臉上的笑容始終不變，別有深意的回了一句。「彼此彼此。」

聽到這話，五皇子嗤笑了一聲，一口飲盡了杯中的酒，放下酒杯，離開此處。

離開時，恰好蘇顯武等人過來了。見到他，眾人紛紛下馬行禮。

「見過五皇子。」

五皇子像是沒看到眾人一般，目不斜視，施施然從人群中走過。

蘇顯武看著五皇子的背影，想到幼時五皇子欺負三皇子的那些事，道：「五皇子怎麼還跟從前一樣。」

跟從前一樣處處針對三皇子。他還以為五年過去了，五皇子能比從前成熟一些。

溫元青撇了撇嘴，道：「還不如從前呢，如今他在朝堂上越發明目張膽的對付修遠了。前些時候不是說禮部尚書要落在李家頭上嗎，結果這五皇子不知怎麼使手段的，硬生生把李大人擠了下去。」

聽到這話，蘇顯武怔住了。

禮部尚書人選……要換人了？怎麼會這麼突然。

蘇顯武的心怦怦怦跳了起來，他抿了抿唇，問：「換成誰了？」

難不成，是——

緊接著，他就聽到了一個答案。「原江南巡撫，楊硯文。」

事情竟然真的如那小騙子所說的一樣？昨日他還萬分肯定不會是這個人，今日就被打臉了。

蘇顯武心中的天平再次搖擺了。

輕的那一側，是小騙子背後有不得了的力量，操控著朝局。重的那一側，則是……她確實來自二十多年後，是他將來的女兒。

這樣的想法著實詭異。

蘇顯武不自覺吞嚥了口水。

溫元青答完之後，看了蘇顯武一眼，瞧著他神色不對，便問道：「阿武怎麼關心起禮部尚書的事情了？」

溫元青想，按照阿武的性子，聽到他剛剛那番話，應是與他一起罵一罵那陰險狡詐的五皇子才是。

蘇顯武察覺到自己剛剛似乎失態了，輕咳一聲，連忙轉移話題。「我想著，不會是換成了與五皇子親近之人吧？所以才這麼一問。」

溫元青了然，心中沒再有疑惑。「那倒不是，這位新上任的禮部尚書哪邊都不靠。」

聽到這個答案，蘇顯武也不知自己是個什麼心情，似是因蘇宜思不是騙子鬆了一口氣，又似是因她奇異的身分更沈重了些。

多種情緒混雜在一處，蘇顯武思緒沈重，喃喃道：「哦，這樣啊。」

此刻三皇子也走了下來。

「你們回來了，今日這球打得不錯，多虧了阿武。」三皇子笑著說。

五皇子與三皇子，一冷一熱，對比很是明顯。

蘇顯武收回思緒，與三皇子碰了碰肩。

等換好衣裳，眾人去了酒樓吃飯。

席間，眾人又提起如今朝堂上的事情，尤其是那位禮部尚書楊硯文。在聽到那楊硯文有兩子一女，兩子皆是兩榜進士，一女尚未婚配時，蘇顯武心情更加複雜。

吃過飯，眾人打算去別處放鬆放鬆，蘇顯武沒心情，便沒跟著去，打道回府了。

回去的路上，依舊心事重重。

府中那個小姑娘，當真是讓人猜不透，詭異得很。可看著她酷似妹妹的長相，還有那雙清澈的眼睛，他又變得異常心軟，總覺得她就是個好人，對她有著超乎常理的信任。

他昨日明明已經開始懷疑她，今日這八、九分的懷疑又消散了五、六分。

「賣糖葫蘆嘍，又酸又甜的糖葫蘆。」

蘇顯武本已走過，聽到這聲吆喝時，又拉住韁繩，停下來，回頭看了過去。

他記得，那小騙子喜歡吃酸酸甜甜的東西。

「多少錢一串？」蘇顯武下馬，問道。

老者瞧著面前的馬，再看這身著華服，身材頎長的男子，恭敬的回答。「貴人好，這糖葫蘆六文錢一串。」

蘇顯武摸摸懷中的銀錢，他今日出門急，沒帶零錢，也不知這老者能否找得開。似乎看出蘇顯武的想法，老者急忙道：「十文錢兩串。」

蘇顯武看著面前滿臉皺紋，皮膚黝黑，雙手凍得通紅，衣裳單薄的老者，又看了一眼草靶子上的十幾串糖葫蘆，把碎銀子遞給老者。

「我全要了。」

那小騙子最近照顧母親辛苦了，他還得求她辦事，還是多給她買些吧。

老者顯得非常激動，雙手接過錢，道：「我給您找零。」

「不必了，草靶子也賣給我吧。」

老者更加激動了，差點要跪下給他磕頭，但這一舉動被蘇顯武攔住了。

就在這時，一旁來了位姑娘。

「老人家，這糖葫蘆怎麼賣的？」這姑娘一聽就不是京城口音，像是南邊來的。

瞧著她的打扮，再看她身側停著的轎子，便知她應該是哪個府裡的丫鬟。

老者看了一眼蘇顯武，又看了看面前的姑娘，賠笑。「不好意思，賣完了，全賣給這位貴人了。」

聽到這話，小姑娘有些著急。「啊？賣完了？這可如何是好，我家姑娘……」說著話，小丫鬟回頭看了眼轎子。

就在這時，轎簾從裡面掀開，露出一張嬌嫩秀美的小臉。

蘇顯武朝著那邊看了過去。只看了一眼，他就轉過頭。

那姑娘長得倒是好看，眉如遠黛，眼如琉璃，可惜一副病容。

瞧著倒是有幾分眼熟，許是幼時見過？那也不是沒可能。京城就這麼大，官宦之家多半都見過。

蘇顯武想了想，從草靶子上拔下一串糖葫蘆，遞給面前的小丫鬟。

小丫鬟先是怔了一下，接著又道：「多謝公子，只是，我家姑娘不喜歡吃圓的，喜歡吃扁的。」

聽到這話，蘇顯武微微皺眉。

這姑娘事真多，竟然還挑三揀四！若不是看她病了，覺得她可憐，他也不會給的。

再看靶子上只有一串扁的，蘇顯武想也不想拒絕了。他這是要回去哄孩子的，怎麼能給旁人。

不僅如此，還把剛剛拔下來的糖葫蘆重新插了回去。

愛要不要，當他樂意給不成。

蘇顯武一手扛著草靶子，另一隻手單手上馬。整個動作如行雲流水般，煞是索利。隨後拎起韁繩，一夾馬腹，一人一馬迅速離開。

瞧著蘇顯武消失在眼前，小丫鬟急得直跳腳。

此刻，轎子裡也響起重重的咳嗽聲。

「小姐，您看看……這……」

轎子裡的姑娘咳嗽了幾聲，聲音軟弱無力。「本就是我們強求了。那糖葫蘆既是他的，給不給也在他。況且，從外男手中接這些東西本就有違禮數。」

「可是……」

「罷了，別再提此事了。」

回到府中，蘇顯武悄悄把糖葫蘆放到蘇宜思的房中。

蘇宜思一上午都在犯愁。

這會兒看著滿滿的糖葫蘆，感動得熱淚盈眶。拔出唯一一串扁的，吃了起來。雖然她爹爹不是原來的那個爹爹了，可卻仍舊會關心她喜歡吃什麼。

瞧著蘇宜思的動作，蘇顯武心想，幸好剛剛沒給旁人。

「怎麼樣，好吃吧？」

蘇宜思點了點頭，吃完一個，道：「爹爹，您現在真有錢。」

蘇顯武原本沈重的心情剎那間被這話逗得輕鬆起來。

「這就叫有錢了？」不過是幾串糖葫蘆罷了。往後的他是多窮，連串糖葫蘆都買不起？

蘇宜思又吃了一個，重重點頭。「爹爹從前都只給我買一串。」

瞧著蘇宜思吃得開心的模樣，蘇顯武忍不住也拿了一串。誰知才剛入口，就被酸到眼睛忍不住閉起來。好一會兒，才緩過神來。

瞧著蘇宜思笑咪咪的小模樣，他撇了撇嘴，手中的糖葫蘆吃也不是，放下也不是。

想到今日聽說的事情，再想到那日剛回府時，小騙子說過的話，他看似隨意的問了一句。「即便是咱們府沒落了，也不至於買不起糖葫蘆吧？」

只見蘇宜思搖了搖頭，道：「不是買不起，是爹爹手中沒錢，錢都在娘那裡。」

想到娘親，蘇宜思笑得更開心了。她爹爹對娘特別好，什麼都交給她保管。

蘇顯武一聽不樂意了。敢情他將來要娶的姑娘竟然還是母老虎不成？真是要不得。

「爹，您去打聽過了嗎？外祖如今是何官職？」蘇宜思提起自己最關心的事情。

這回，蘇顯武臉上的神情跟昨日和今早上不太一樣了，顯得認真許多。

就在蘇宜思還想問些什麼的時候，只聽蘇顯武低聲問了一句。「那楊家的小姐，當真是我未來的媳婦？」

聽到這話，蘇宜思眼睛一亮。爹爹終於信了她的話了嗎？她激動的道：「對。」

認識這個小騙子有兩個月左右了，蘇顯武還是第一次在她臉上看到這麼激動又雀躍的神情。這神情，讓他覺得有些緊張。

「妳……妳確定？」蘇顯武又問了句。

蘇宜思再次點頭。「確定。禮部尚書楊硯文之女是爹爹的妻子，也是我的娘親。」

蘇顯武抿了抿唇。

心想，他一定是瘋了，竟然會信了這個小騙子的話。而且，更可怕的是他還想問更多。想知道那姑娘品性如何，長得如何……畢竟沒跟姑娘接觸過，此刻想到未來真的會有一個妻子，向來粗枝大葉的蘇顯武，耳朵也忍不住紅了。

「爹，您還想知道關於娘的什麼問題？您問就行，女兒定會什麼都告訴您。」

心思被猜中，蘇顯武輕咳兩聲掩飾內心的尷尬。

「爹不用不好意思，女兒跟您說說就好啦。娘長得特別漂亮，還特別溫柔，待爹爹可好了……」

未來的妻子漂亮……溫柔……蘇顯武覺得心像是被羽毛輕拂過一般，癢癢的。

「真的……嗎？」蘇顯武接了句。

「自然是真的。爹爹特別喜歡娘親，常常喜歡跟娘親膩在一處，待娘親可比待女兒好多了——」說這番話時，蘇宜思臉上又流露出一絲小女兒的姿態，話語中有些酸酸的。

那畫面，蘇顯武簡直不敢想。

「不可能。」蘇顯武否決了。他怎麼可能是這種兒女情長的人，他的夢想在戰場。娶妻生子、寵妻寵女這種事他不可能會做的。這小騙子又想騙他了，他差點就信了。

「是真的。」蘇宜思又強調了一遍。

蘇顯武見她認真的模樣，知道糾結這個問題無益，便轉移了話題。

按照她的說法，他這次回京，應該很快就娶了這姑娘，隨後又生了孩子……若真是這樣的話，想必很快就能回到邊關。

「我明年就跟……跟楊姑娘成親了？」這話有些燙嘴。

蘇宜思怔了一下。

蘇顯武瞧著她臉上的神情，微微瞇了瞇眼。

「嗯？難不成是後年？」蘇顯武試探的問。

蘇宜思抿了抿唇，垂眸，沒再看蘇顯武的眼睛。

蘇顯武心中的疑惑更深。「那我何時成的親？」

蘇宜思持續保持沈默。

不知為何，她下意識的排斥後面的事情，也不想讓她爹爹知道。

況且，那些都是她沒過來時發生的事情。如今她既然已經在了，就不會再讓那樣的事情發生，她一定會讓爹娘的親事更加順遂的。

她知道，爹是喜歡娘的，娘也喜歡爹。她相信，相愛的人，不管在哪個時空都會注定在一起的。之前他們二人就是錯過了，才蹉跎許久。這次只要把握好時機，就一定能順利些。

而且，祖母那麼喜歡她，祖父也待她極好，她的話，多半也是有些影響力。

再看著手中的糖葫蘆，蘇宜思想，父親雖然不完全信她，但也是疼愛她。所以，她相信，自己一定可以辦到。

蘇顯武不知蘇宜思心中所想，只是再度懷疑起蘇宜思的話。若這小騙子不是來自二十多年後，知道了事情發展，那便是背後有人在操縱了。只是，那個操縱者連今上的所有心思、朝中六部重臣人選都能算到，這樣的人真的可能存在嗎？

蘇顯武試圖從蘇宜思口中找出更多的破綻。「難不成未來幾年我都會留在京城？」

這是不可能的事情，漠北狀況並不穩定，即便是不成親，他定然也會早早回去駐守。可如今依著他娘的架勢，若是他不成親，肯定不會讓他回漠北的。

所以，他要看看，她究竟打算如何編下去。

蘇宜思有些問題選擇不回答，但不代表她會撒謊，所以，她道：「明年就離開了。」

蘇顯武訝異挑了挑眉。他沒成親，娘會讓他明年回漠北？

「妳確定我明年沒跟妳娘成親，妳祖母還允許我回漠北？」蘇顯武又問了一遍。

蘇宜思點頭。「確定。」

「為何？」

蘇宜思再次沈默了。

蘇顯武又試探的問了幾句，可不管他怎麼問，小騙子都沒告訴他。見問不出什麼，蘇顯武離開了。

回去的路上，若這小騙子說的事情是真的，那麼這裡面一定有什麼事情瞞著他。也不知那楊姑娘是個什麼樣的人，他未來真的那麼喜歡她嗎？

此時一陣冷風吹過，蘇顯武感覺腦子清醒了許多。想到剛自己思考的問題，他連忙拍拍自己的臉，覺得自己剛剛一定是腦子抽了。

第七章

蘇宜思不知蘇顯武心中所想，此刻她還挺開心的。因為她能感覺到，爹爹比從前更信任她了。而且，她還得了這麼多好吃的糖葫蘆。

不過糖葫蘆一個人吃不完，蘇宜思便想著帶去正院。

本以為只有周氏在，沒想到蘇嫣也在。

「見過祖母，見過二姑姑。」

蘇嫣，安國公庶女，也就是蘇宜思的小姑姑，如今這位姑姑跟蘇宜思同歲。

蘇宜思很少見這位姑姑。在她出生時，蘇嫣已經出嫁了，嫁給了簡王為側妃。自從她出嫁，也極少回娘家。

聽說這位姑姑剛出嫁那幾年也是時常回國公府的，後來國公府被新皇厭棄，這位姑姑便再也沒有回來過，把自己撇得乾乾淨淨，彷彿自己不是國公府的姑娘一般。

看到蘇宜思，蘇嫣眼眸微閃。

從前，國公府一共兩位姑娘，一位是蘇蘊萱，一位是她。蘇蘊萱作為嫡女，處處壓她一頭，不管走到哪裡，旁人都只能看得到蘇蘊萱，看不到她。

直到那一年，蘇蘊萱死了，眾人終於把目光放在她的身上。

可現在，竟來了一個人，一個跟蘇蘊萱長得幾乎一模一樣的人。

「思兒來了。」周氏看到蘇宜思，臉上的笑容加深了幾分。「我跟劉嬤嬤正說著呢，過幾日的宴席上，妳跟嫣兒一起，陪在我身側。」

聽到這話，蘇嫣攥緊了手中的帕子。嫡母向來如此，處處瞧不上她。從前蘇蘊萱在時便也罷了，這蘇宜思不過是族中的一個孤女，破落戶一個，如今卻也要跟她平起平坐了。

憑什麼？

「好。」這正合蘇宜思的意思。她本就打算那日跟在祖母身側，好來探聽父親的親事。

說完話，蘇宜思從小丫鬟手中拿過盤子，遞給周氏。

蘇宜思剛剛把糖葫蘆都從草靶子上拿了下來，放在托盤中。

「思兒得了些糖葫蘆，請祖母和姑姑嚐一嚐。」

周氏看了一眼糖葫蘆，笑著說：「好孩子，祖母就不吃了，妳自己留著吃吧。」

蘇宜思卻仍舊堅持。「這還很多呢，我一個人吃不完，祖母也吃。」

她之所以把糖葫蘆拿過來，是因為她知道，祖母其實也愛吃。記得祖母年歲大了之後，反倒是愛吃小孩子吃的東西了，可祖母又不好意思跟旁人說。

那時候，父親每回買了糖葫蘆，她都會去找祖母，兩個人分著吃。

周氏還沒接話，只聽一個聲音響了起來。

「這糖葫蘆是外面買的吧，也太髒了，母親病剛剛好，怎麼能吃這種污穢的東西。」

這話一出，屋內頓時靜了下來。

瞧著周氏蹙眉，蘇宜思道：「姑姑，這糖葫蘆上面有一層糯米紙，撕下來就不髒了。」

周氏瞥了一眼庶女，看了眼盤子，拿起糖葫蘆吃了一個，邊吃邊點頭。「嗯，味道還不錯。」

蘇宜思的注意力也轉移過來，笑著說：「祖母喜歡就好。」

蘇嫣抿了抿唇，沒敢再說什麼。

周氏吃了幾個後，外面有了些響動。她拿過小丫鬟手中的帕子，擦了擦嘴，道：「正好繡坊那邊今日把做好的衣裳送過來了，我讓她們放在隔壁小間，妳先挑幾件。」

聽到這話，蘇嫣猛然抬起頭來，瞪大眼睛看向坐在上位的嫡母。

剛剛嫡母把她叫過來就是讓她挑選衣裳的，可如今，竟然讓那個孤女先挑，明明她才是國公府正經的姑娘。

周氏一個眼神看過來，蘇嫣就不敢再看她了。

蘇宜思又怎會先挑，且不說她現在名義上的身分，怎麼說蘇嫣都是她的長輩。對長輩，得尊敬。推辭了一番，最終還是讓蘇嫣先挑衣裳了。

蘇嫣並未因此感激蘇宜思，不僅先挑選了衣裳，也沒給蘇宜思好臉色。

蘇宜思看著被蘇嫣挑剩下的衣裳，心中感慨，如今的國公府真有錢啊。這樣的料子，她一共只有兩件，如今卻能隨意挑選。

劉嬤嬤看著這邊的情形，去正院跟周氏耳語了一番。

周氏冷哼一聲，道：「韓氏那個上不得檯面的東西，能養出什麼好姑娘。」

劉嬤嬤給周氏捏了捏肩膀，笑著說：「思姑娘倒是極好，不僅跟咱們大姑娘長得像，性子也像。」

提起蘇宜思，周氏笑了。「可不是嗎，也不知為何，看到她，我總覺得很是親切。」

劉嬤嬤道：「這都是緣分呢。老夫人人心善，上天垂憐，把思姑娘送到了您的身邊。」

不一會兒，蘇宜思跟蘇嫣挑完衣裳回來了。周氏什麼也沒說，便讓蘇嫣回去了。

蘇宜思現在仍舊住在正院的偏房裡，她沒走，留下來陪著周氏說話。

周氏也喜歡跟她講話，雖說蘇宜思跟她女兒差不多年紀，可聽著她叫祖母，她卻沒什麼覺得不妥，兩個人倒是聊得愉快。

兩人說著說著，蘇宜思有意無意往蘇顯武的親事上引。

小兒子的親事是周氏的心頭大事，她也正想跟人說說，兩個人一拍即合，很快就開始討論起來。

「我如今也沒什麼心事了，就等著妳三叔成親了。唉。」一提起小兒子的親事，周氏就直嘆氣。

蘇宜思柔聲道：「祖母放寬心。三叔那麼厲害，在漠北一戰成名，是咱們大魏國世家子弟中的翹楚，他定然好說親事的。」

「妳三叔確實厲害，這麼年輕就被封了將軍，可比妳祖父當年厲害。可問題是，我一跟他提親事的事情，他就往外跑。今早我還沒說兩句呢，就又跑出去了。」

蘇宜思笑了笑沒說話。這些事，她也略有耳聞，她想，爹爹沒偷偷跑回漠北，已經算是老實的了。

周氏又接著念叨。「不是去茶樓敘舊，就是打馬球。妳說，他日日跟三皇子在一處，人家都成親幾年了，孩子都有了，他怎麼就不跟著學一學呢？」

蘇宜思臉上本來是帶著笑的，然而，在聽清楚周氏說了什麼之後，臉上的笑頓時僵住。

三……三皇子？

是那個爭奪皇位失敗，被圈禁在皇陵一輩子的皇子嗎？

她眼角餘光瞥到剛剛挑選的綾羅綢緞，蘇宜思心想，從前爹爹說過，府中與三皇子雖是舊識，但牽扯不深，可如今聽著祖母的話，怎麼不像那麼回事呢。聽起來，爹爹與三皇子關係不一般啊。

那個失敗的皇子不僅自己失敗了，也使國公府在一夕之間從大魏國炙手可熱的世家，變成了三流世家。

不管究竟真相如何，她竟然有了這樣的奇遇，來到從前。不僅要讓爹娘的親事順利，被削爵降級這件事情，也定然不能發生。

周氏又說了幾句後，蘇宜思隨口問道：「三叔和三皇子的關係很好嗎？」

聽到這個問題，周氏笑了。「可不是嗎，妳三叔跟三皇子二人從小就在一處玩，關係好著呢。雖說妳三叔在漠北待了幾年，但這回回來了，這不仍舊跟三皇子在一處玩。」

聽到這話，蘇宜思的心情沈重了些。

看來，有些事情或許並不像爹爹說的那般。只是不知，爹爹如今究竟跟三皇子好到什麼地步，將來國公府又在爭奪皇位的過程中扮演了怎樣的角色，又是怎麼得罪了新皇。

不過，此時距離新皇登基還有五年左右的時間，國公府如今也依然是鼎盛的狀態。

一切都還來得及。

怕周氏瞧出她的不自然，蘇宜思沒再想這些事。

不一會兒，吳氏帶著五歲的大兒子過來了。

「祐哥兒，快來祖母身邊。」

蘇宜祐邁著小短腿跑了過來。

若說回到從前的國公府，蘇宜思覺得最有意思的是什麼，那便是現在了。

蘇宜祐是他們這輩的第一個孩子，老成持重。可蘇宜思記憶中那個整日板著臉，滿嘴禮教的長兄，如今卻是個軟糯可愛的小孩子。

蘇宜思忍不住伸出手，捏了捏長兄肉乎乎的臉。這樣的事情，以前她想都不敢想。長兄一直都是一副生人勿近的模樣，不僅是她，即便是他的親生妹妹蘇宜家，也跟他不太親近。

對於蘇宜思的舉動，蘇宜祐皺了皺眉，卻沒敢說什麼，反倒是朝著她行了一禮。「見過姊姊。」

聽到這一聲稱呼，蘇宜思憋著笑，摸摸他的頭。「祐哥兒真乖。」

說罷，把一旁放著的糖葫蘆遞給他。

她知道，長兄最討厭吃酸了。

看著蘇宜思手中的糖葫蘆，蘇宜祐抿了抿唇，那張胖臉漸漸皺成一團。

好在周氏及時為他解了圍。

周氏看著長孫，笑著說：「祐哥兒，你快告訴你思思姊，你最不喜歡吃酸了，不然她下回還讓你吃。」

一聽可能還有下回，蘇宜祐頓時慌亂起來。

瞧著他這個反應，眾人都笑了起來。

吳氏雖然也在笑著，心裡卻多想了一些。

這個長得跟已故的小姑子極為相似的小姑娘，竟然連性格也和小姑子這麼像。而且，似乎和家裡眾人都很是投緣，很快就熟悉起來了。瞧著婆母對她的喜歡，怕是將來要有大造化了。

吃完飯時，眾人都過來了。

之前因著周氏病了，大家許久沒聚在一起吃飯，最近又恢復到原來的習慣。不過，周氏並不喜歡兒媳在一旁伺候，吃飯時自有下人處理。

吃過飯，蘇宜思請安後回了自己的屋子，蘇顯德、蘇顯武則留了下來。

蘇宜思回屋後，一直盯著這邊。

等看到蘇顯武出來時，立馬小跑著過去。等她追上蘇顯武時，他已經快出正院的門了。

「三叔，您且等等，我有話想與您說。」

蘇顯武回頭看了一眼，正欲開口，瞧見了她穿的衣裳，忍不住道：「夜裡冷，妳怎麼不披件衣裳就跑出來了？」

蘇宜思不甚在意的道：「一時著急，忘記了。」

蘇顯武往風口移了一步，擋住吹向蘇宜思的風。「有什麼話可以明早說，不必急在這一時，仔細染了風寒。」

風是冷的，蘇宜思的心卻暖暖的。

「嗯，記住啦。我就是聽祖母說爹爹今日去打馬球了，很是好奇，想著爹爹能不能帶我也去看看。」四下無人，蘇宜思又習慣性改了稱呼。

蘇顯武還以為她有什麼重要的事，沒想到是這麼簡單的事。不過，在開口前，他又想到了別的。「哦？妳在妳那時候沒去看過？」

蘇宜思眨了眨眼，道：「我不是跟爹爹說過嗎，府裡沒落了，不太和人往來。」

又是這個理由……蘇顯武真的很想問問，家裡到底衰敗到什麼地步了。可看著她這副樣子，又覺得她甚是可憐，答應的話沒過腦子就說了出來。「行，下回若是有人叫我，我定然喊妳。」

聽到這話，蘇宜思笑了。「嗯，女兒就知道，爹爹最疼我了。」

「咳，妳都說妳是我將來的女兒了，我不疼妳還能疼誰。」

明明二人差不多年紀，也不知為何，蘇顯武聽著「爹」這個稱呼，越發自然了。彷彿，眼前這個笑容明麗的小姑娘真的就是他的女兒一般。

他也當真不明白自己究竟如何想的，一面有些懷疑她，一面又堅定的覺得這就是自己的女兒。

蘇宜思開始打蛇隨棍上。「哎，雖說女兒本來也生活在京城，可卻很少出門，也沒見過如今的京城。爹爹日日出門去玩，不知能不能帶我也去長長見識？」

蘇顯武被人一口一個爹叫得正得意，一聽這話，笑容頓時變了。

蘇宜思好奇的看著蘇顯武，問：「爹爹是要去見朋友，不方便帶著女兒嗎？」

蘇顯武輕咳一聲。「咳。也不是不方便。只不過……這幾日我不能出門了。」

「啊？」

蘇顯武臉上流露出尷尬的神色，頓了片刻，方道：「妳祖母今日生氣了，說是在宴席之前都不允許我出門了。」

這話說出口，蘇顯武仍舊覺得丟臉。畢竟，面前這個可能是自己的女兒，他怎麼也不想在女兒面前丟臉。

蘇宜思卻沒多想。按照爹爹現在的性格，被祖母教訓是再尋常不過的了。

「哦，原來是這樣啊。沒關係，等爹爹能出門了帶著女兒就好。」

蘇顯武鬆了一口氣，點點頭，應了下來。

「外面風大，快些回去吧。若是有什麼需要的，就來找我。」

「好。」

蘇宜思本以為得等宴席過後才有機會跟她爹爹一起出去了，沒想到蘇顯武隔了一日就過來找她了。

「明兒我帶妳去打馬球，妳穿這件衣裳。」

蘇宜思驚喜的看向蘇顯武，問道：「祖母解除爹爹的禁足了？」

「嗯。」

事實上並沒有。蘇顯武之所以明日能出去，是因為三皇子在父親面前說了情。而他之所以會再去打馬球，那是因為對方輸不起。

邵廷和說上次打的不算，這幾日非得鬧著再來比一場。比就比，難不成他還能怕了對方不成。

「明日就讓妳看看我有多厲害！」蘇顯武得意的說道。

瞧著滿臉自信模樣的蘇顯武，蘇宜思道：「嗯，爹爹在女兒心中就是最厲害的。」

聽到這話，蘇顯武越發覺得這個女兒貼心。

「妳會騎馬吧？」

蘇宜思搖搖頭。

蘇顯武蹙了蹙眉。「我竟然沒教妳騎馬嗎？」

蘇宜思再次搖頭。「爹爹很少騎馬。」

對於這個答案，蘇顯武本能的再次打從心裡反駁。他怎麼可能會放棄騎馬，簡直是無稽之談。

「想學嗎？」

蘇宜思激動得點了點頭。

「那我改日教妳。」

「好！」

第二日，蘇宜思換了一身男裝，跟蘇顯武出門去了。

蘇顯武出門不是騎馬就是步行，馬車或者轎子這種東西他向來不屑一顧。然而，今日，他放棄了騎馬，坐了馬車。

無他，只因今日不是他一個人了。

小騙子今日穿的是小廝的衣裳，若是他騎馬的話，小騙子一個人坐馬車或者轎子都不合適。所以，他只能跟她一起坐馬車了。

自從來到這裡，這還是蘇宜思第一次出門。她其實早想出來看看了，看看二十多年前的京城。然而，一開始祖母病了，再後來，又幫著祖母準備宴席的事情，所以一直沒得空。

掀開簾子，蘇宜思往外面看了過去。

一眼望去，全是安國公府的府邸的圍牆。雖然是第二次了，蘇宜思仍舊被眼前國公府的規模震撼到了，馬車一直行進了很久，才終於過了安國公府的範圍，到了巷子口。

再往外，人就多了。蘇宜思放下了簾子。

然而，在簾子落下的那一瞬間，有什麼從蘇宜思眼前一閃而過。

「咦？」蘇宜思忍不住發出一聲疑惑。

再次掀開簾子回頭看去，馬車已經走遠，看不到了。

「怎麼了？」蘇顯武聽到聲音問道。

蘇宜思放下簾子，笑著解釋。「沒什麼，可能剛剛看錯了吧，把巷子的名字看成了歸安巷。」

她想，興許是自己剛剛盯著安國公府的牌匾看太久了，所以把巷子的名字也看錯了。

蘇顯武臉上露出奇怪的神情，頓了頓，開口道：「這巷子本就叫歸安巷。」

蘇宜思驚訝的重複了一遍。「歸安巷？」

蘇顯武挑了挑眉。「難不成以後不叫這個名字？」

蘇宜思抿了抿唇，說：「嗯，在以後是叫歸思巷。」

「歸思巷？」蘇顯武唸了幾遍。他是個粗人，也沒覺得歸安巷與歸思巷有什麼不同。若說有什麼特別之處，那就是這名字跟眼前的小騙子的名字重了。

「難不成是因為妳太受寵愛，妳祖父給妳改的？」蘇顯武隨口道。

其實他的懷疑不無道理，如今她的身分是族中的孤女，爹娘依舊待她不同。若她真是府中的姑娘，憑著這個長相，想必爹娘會更喜歡她的。

蘇宜思連忙搖搖頭。「不是啊，說是我出生前就叫這個名字了。」

「那就不知為何了。」

這個話題說完之後，兩個人就拋之腦後了，他們更期待接下來的馬球比賽。

不多時，蘇顯武帶著蘇宜思來到了打馬球的地方。

瞧著安國公府的馬車來了，眾人都有些驚訝。再看蘇顯武從馬車上跳下來，更是要驚掉下巴。待他走近了，眾人紛紛調侃。「阿武，你是不是不行了啊，今日竟然坐馬車來？」

「你那匹愛馬呢，怎麼沒騎過來？」

蘇顯武臉皮厚得很，面對眾人的調侃，臉色絲毫沒變，道：「從府中到這裡怎麼說得騎兩刻鐘，老子想保存體力不行嗎？」

溫元青道：「行行，只要一會兒你比賽的時候，卯足勁打他們就成。」

蘇顯武自信的道：「這個你放心，保管打到他們服！」

蘇宜思落後蘇顯武幾步，瞧著他意氣風發，與好友吹牛打趣的模樣，想到爹爹往後壓抑的樣子，有一絲酸澀。她的爹爹，就該這麼意氣風發才是。

這時，三皇子走了過來，把蘇顯武叫到一旁，上上下下仔細打量一番，關切的問：「阿武，你身體真的沒問題嗎？若是有不舒服，咱們就棄權不比了，你的身體最重要。」

「你這說的什麼話，我怎麼可能有問題，有問題的是他們。」蘇顯武指指對面那一隊正在瞪著他們的人。

三皇子有些不解，若一切無礙，蘇顯武怎麼會坐馬車過來。他正準備追問，這時，眼角餘光卻瞥到了身後的蘇宜思。

那人雖說穿著一身小廝的衣裳，但眼神靈動，唇紅齒白，面容姣好，身段纖細，一看便知是位姑娘。

而且，這長相……

「那是……」三皇子神色有幾分驚訝。

蘇顯武自然知曉三皇子問的是誰，道：「那是我女……女……族中的一個姪女，無父無母，怪可憐的。我從漠北回來時，順道把她帶了回來。」

三皇子喃喃道：「長得跟萱兒可真像。」

他們一起長大，三皇子自然是見過蘇蘊萱的。

「確實像，但看久了，也有區別。」蘇顯武接了一句。

初見之時，蘇顯武也覺得蘇宜思跟妹妹很像。但相處過後，他覺得她們完全是不同的兩個人。妹妹自信爽朗，小騙子嬌憨可愛。

三皇子在看蘇宜思的時候，蘇宜思也在看他。

來之前，蘇宜思還曾想，見了三皇子一定要提高警覺，那可是他們家的頭號敵人。可在看到三皇子之後，這種想法就打了個折。這三皇子，看起來也太溫和了，這樣的人，著實讓人難以跟「野心」這個詞聯繫起來。

可，不能以貌取人。而且，他還是個失敗者。

「思思，過來。」蘇顯武朝著蘇宜思招了招手。

「這是三皇子。」蘇顯武把蘇宜思介紹給三皇子。他本也沒想隱瞞什麼，只不過是這邊都是男子，穿小廝的衣裳更方便罷了。

「見過三皇子。」不管心中如何想，蘇宜思行禮問安的動作很是標準，讓人挑不出一絲錯。

三皇子是第一次見蘇宜思，且這是好友的晚輩，當給見面禮。便找了找身上的東西，把玉珮摘下來，遞給蘇宜思。

「既是阿武的姪女，以後不必這般客氣。」

蘇宜思沒有接。

蘇顯武琢磨了一下。這是好友，這是閨女，好友給他閨女見面禮……嗯，應該的。所以他把玉珮接過來，放到蘇宜思手中。

「給妳妳就拿著。」

蘇宜思看了父親，再看看三皇子，便收了。「多謝三皇子。」

「行了，妳去找個暖和的地方坐著吧，一會兒看我把他們打得落花流水！」

「好，三叔加油！」

比賽開始，蘇顯武上場去了。

蘇宜思一開始心思還在三皇子身上，後來場中的比賽太精彩，她的注意力完全被吸引過去了。

她爹爹真的好厲害啊！

原來爹爹說自己馬上功夫了得，是真的！自她有記憶以來，爹爹一直是儒雅、穩重的形象。即便是偶爾不穩重，那也只在娘親面前。

如今，她竟能看到爹爹這樣的一面。

爹爹騎馬的姿勢真的是太瀟灑了，打球的動作也霸氣得很，一套動作如行雲流水一般，眨眼間就進了一個球。

蘇宜思徹底被父親的英姿吸引了，兩眼發光。

瞧著爹爹回頭看了她一眼，蘇宜思興奮得拍著掌跳了起來。「哇，爹爹好厲害！」

蘇顯武像是讀懂她的唇語，衝著她揮了揮球桿，又繼續比賽了。

這動作自然被有心人看到了。

「那是何人？」

「安國公府的小廝。」

「小廝？」五皇子桃花眼微微上挑，瞥了一眼身邊的內侍。

那身段，那臉龐，分明就是個姑娘。

瞧著這個眼神，內侍嚇得立馬跪下了。「奴……奴才這就去……去打聽。」

接下來，蘇顯武又進了幾個球，對方原本還打得頗有技巧。漸漸的，不知是不是知曉自己不可能贏，亂了陣腳。有幾個打紅了眼，隊裡開始不合。

反觀蘇顯武那邊，士氣大漲。

上半場下來，二十五比五，比數懸殊。

蘇顯武跟眾人聚在一起說了會兒話，喝了幾口水，就朝著蘇宜思那邊走過去。靠近時，就見小騙子正盯著對方的陣營看。

那邊正吵吵嚷嚷的，看似要打起來了。

「嗤，真是沒有氣量。」蘇顯武開始嘲諷。

蘇宜思看的不是別人，正是風暴的中心，邵廷和。

別人她不認得，卻一眼認出邵廷和。無他，邵廷和二十年後幾乎未變。

「原來寧郡王年輕的時候脾氣就不好啊。」蘇宜思笑著說道。

她可聽說過，寧郡王脾氣大得很，除了皇上的話，誰的話都不聽，誰的面子都不給，就連與皇上一母同胞的弟弟燕王也被他打過。

聽到這話，蘇顯武詫異的問：「嗯？妳說誰？」

蘇宜思道：「寧郡王啊，長公主的次子。」

「妳是說邵廷和？」蘇顯武再次確認。

蘇宜思琢磨了一下，道：「我不知寧郡王叫什麼名字，就是那個身著藏青色馬球服的男子。」

蘇顯武順著蘇宜思手指的方向看了過去，果然是邵廷和。

「那小子竟然被封為郡王？」蘇顯武問。「怎麼可能。」

邵廷和是長公主的次子，按照規定，即便是加封爵位也不可能是郡王。要封什麼爵位，那得看他的能力如何。可惜的是，這小子至今沒展現出什麼能力，皇上也不怎麼喜歡他。

按照如今的形勢，他頂多能被封為伯爵。

「怎麼不可能了？寧郡王可是武狀元的頭名，又能上馬打仗，還擊退了敵軍。」

蘇顯武越聽越覺得離譜。那個從小就喜歡跟在他身後的鼻涕蟲，如今這個火爆脾氣一點就炸，沒什麼肚量的男子，能中武狀元頭名，還能打仗？

笑話。他若能打仗，母豬都能上樹了。

「爹，女兒說的都是真的。」蘇宜思再次強調。看她爹的表情，怕是又不信了。

「不是，閨女，爹不是不信妳。」見她神色不對，蘇顯武急忙否認。「我只是在想……嗯……在想……」

否認完，蘇顯武也不知該找什麼藉口。他性子直，有什麼說什麼，也不會說什麼好聽的話。所以，這會兒完全卡住了。

可看著女兒失望的眼神，蘇顯武覺得自己不能這樣！

所以，他絞盡腦汁，想出一個點。「嗯，爹只是在想，妳是不是來錯地方了，在另外一個地方也有一個世界，那些人才是按照妳說的軌跡生活。」

實在是這小騙子說的事情都有些離譜。

蘇宜思笑道：「爹，您不去寫話本當真是可惜了。」

蘇顯武尷尬的笑了笑。「呵呵，是嗎。」

都怪他小時候不好好讀書，怪誕志談看多了。

「爹您想想，女兒可是有蘇家的牌子的。」蘇宜思從脖子裡拿出牌子在蘇顯武面前晃了晃。

蘇顯武臉上的神色鄭重了幾分。

「而且祖母病了的事，可是被我說中了。外祖成為禮部尚書的事情，也被我說中了。關鍵是，我這張臉，跟姑姑長得很像。」

不，關鍵是，她是從天上掉下來的，還直接掉在他的馬前。

其他的都能編造，唯有這一點，蘇顯武騙不了自己。若真的是落錯了時空，好像一切又都解釋通了……

蘇顯武看著那邊已經打了起來，認真的道：「妳知道嗎？皇上並不喜邵家的次子，並且在家宴上，評價『魯莽』。這兩個字，就等於絕了他的前程。往後，他頂多能做個閒散的貴族子弟。」

話音剛落，只聽蘇宜思軟糯的聲音在耳邊響起。「可封他爵位的是之後的皇上呀。」

等等。

之後的皇上？

是誰？

一看蘇顯武的眼神，蘇宜思立馬就懂他的意思，不假思索的道：「是五皇子！」

所以，爹爹，珍愛生命，遠離三皇子才是正途啊。

第八章

蘇宜思早就發現，爹爹對她是信任的，但這個信任，只對她特殊，對旁人是沒有的。

而且，爹爹嘴上說著不信她的話，每次卻都用實際行動證明，他信了一些。

比如，外祖的事情。爹爹說著不信，第二日還是去打聽了。再比如，娘親的事情。爹爹依舊口是心非，他明明非常好奇娘親究竟是誰，又是怎樣的人。

所以，她毫不遲疑的告訴爹爹，將來的天子是誰。

蘇顯武這會兒是真的震驚得說不出話來了，比剛剛聽說邵廷和騎馬打仗還要震驚。

五皇子？未來天子？

「爹，女兒說的都是……」她想，她只要說了，爹爹應該多少也會信一些的吧……

蘇顯武想也沒想的打斷了她。「行了，這種話以後可別說了。」

「是真的！」蘇宜思有些著急。

「不要跟外人講這種事情，記住了？」蘇顯武鄭重交代。「不對，是除了我，誰也不要講。聽見沒？」

蘇宜思抿了抿唇沒說話，一副委屈的模樣。

蘇顯武不欲多說，朝前走去。然而，走了幾步，又折了回來。

他才是被騙的那個人好嗎？這小騙子有什麼可委屈的？

「也不是我說……五皇子陰險毒辣，哪有半分帝王之相？妳編故事的時候麻煩認真點！莫要覺得我好糊弄就信口開河，什麼離譜的事情都說得出來。」

他是真的忍不住了。他從小就認識宮中的幾位皇子，也在一處玩過，旁人倒也罷了，五皇子？這位是真的不行！想想五皇子這些年幹的事，一提起他，蘇顯武就來氣。

說完，蘇顯武覺得自己剛剛多說話了，又閉了嘴，朝著前面走去。

他需要找個地方冷靜冷靜！

蘇宜思怔了一下，趕緊跟上了。

「爹，您剛剛在說什麼？您對五皇子有偏見！」說這番話時，她的臉上是一副不可置信的模樣。

皇上那麼好的一個人，怎麼可能跟「陰險毒辣」這個詞扯上。

「我對他有偏見？」蘇顯武停下步子，失笑。「妳去找人打聽打聽，他究竟是個什麼樣的人。但凡打聽過後，妳都說不出他將來會……會……妳都說不出剛剛那一番話。」

剛剛那話太過刺激了，這種事情可不能輕易說出口，若是被旁人聽到可就不得了了，小騙子還不得被抓到天牢裡去。所以他自動隱去了五皇子會成為天子的話。

而且，嘴上天天說是他女兒，關鍵時刻竟然向著那個陰險的五皇子？真的是太氣了！

這是父女兩個人相遇之後第一次吵架。

兩個人談論的話題比較敏感，他們又都潛意識裡不想讓人聽到。所以，說著說著，兩人來到了不遠處的小樹林中。

四下無人，兩人停了下來。

蘇宜思道：「您就是對他有偏見！五皇子明明是最和善的人，心地善良，待人寬厚。」

蘇顯武忍不住了！

「和善？善良？待人寬厚？這些詞可跟五皇子統統都搭不上邊！若他真的和善，小時候就不會往修遠的書裡放蟲嚇唬他。若他真的善良，就不會眼睜睜看著四皇子落水而不救。若他真的待人寬厚，就不會因為一點小事活活打死自己身邊服侍多年的內侍！」

蘇顯武越說越氣。

不僅他，蘇宜思也生氣了。

想到自己與皇上之間發生的種種事情，即便是面前這個人是她爹，她也不信。

畢竟，她接觸過皇上，知道皇上是個什麼樣的人。他能夠寬恕下人，還願意救她這個不相干的人，足以證明他待人極好。她即便是年輕，識人的本事不行，她也能看出皇上是個好人，在他登基之後也做了不少利於百姓的事情。

「我知道的，您跟三皇子關係親密，而三皇子與五皇子又素來有矛盾，所以您向著三皇子。」

聽說三皇子最擅長攻心，剛剛她不是也覺得三皇子是個好人，溫潤如玉嗎。她爹一定是被三皇子蠱惑了，才會說五皇子不好。

蘇顯武真的是要氣死了。這一刻，他有點能理解他娘那日因他不想成親，氣得想打他的心情了。

「這跟我與誰關係好沒關係，這些事情確實是發生過了的。」蘇顯武無奈解釋。

「爹爹親眼看到了嗎？」蘇宜思問。

蘇顯武想了想，點了點頭。「幼時在宮中讀書時，確實親眼見過幾回。」

蘇宜思想也不想的反駁。「耳聽不一定為真，眼見也不一定為實。」

蘇顯武氣得很。那還問他是否親眼見過做什麼？不管他說什麼，她都不信就是了。

只聽蘇宜思又道：「說不定五皇子是有苦衷的。他生母去世得早，他在宮中一個人，無依無靠，活得艱難，甚是可憐。」

蘇顯武覺得頭突突的疼。五皇子活得艱難？他好得很！天天惹是生非。艱難的是他身邊的人，是宮裡的其他人。

這小騙子怎麼說什麼都聽不進去呢？

「五皇子到底哪裡好了，值得妳這樣維護他？」

蘇宜思一臉正義。「他哪裡都好，最重要的是人品好！」

人品……好？笑話！這個人有人品這種東西嗎？仔細想想，這個人，千不好、萬不好，但有一個地方是好的。

那就是——

「妳莫不是覺得五皇子長得好，所以才覺得他做什麼都是對的吧？」

蘇宜思正準備聽她爹說完話再來反駁他，沒想到就聽到她爹來了這麼一句。

「長得好？我又沒見過他，怎知他長得好不好看。」蘇宜思蹙了蹙眉說道。

說性子就說性子，扯長相做什麼。

皇上老了之後確實儒雅，溫厚。但他年紀大了，留著鬍鬚，又一臉病態，看不出年輕時長得好不好看。

「我可不是以貌取人之人。」蘇宜思強調。

她最看重的是人品，才不是臉。

話說到這裡，蘇顯武已經氣得不知說什麼好了。前面蘇宜思說過的事情他都有些動搖，唯獨這件事，他拒絕相信！

兩個人就這般對視著。

恰在這時，有人朝著這邊走了過來。

兩個人連忙停止對話。

「阿武，下半場要開始了，大家都在找你呢，沒想到你躲這裡來了。」

聽到這話，蘇顯武看了過去。「這就來。」

說著，蘇顯武又看了蘇宜思一眼，朝著樹林外走去。走了幾步，瞧著蘇宜思沒跟上，又停下腳步。

「還不快點跟上？」

氣歸氣，安全最重要了。這邊地處偏僻，他得時時刻刻看著她才行。

蘇宜思抿了抿唇，一句話沒說，跟上了。

這是跟他置氣了？明明是她騙他，不相信他，竟然還敢跟他置氣！蘇顯武感覺心絞痛，忍不住撫摸了一下胸口的位置。

罷了罷了……他忍了。

待幾人離開後，小樹林又恢復了寧靜，只偶爾有幾隻尚未飛去南方過冬的鳥兒的鳴叫，顯得更加淒涼。

這時，有兩人從樹後繞了出來。

其中一人身著黛紫色的華服，貴氣逼人，鼻梁高挺，一雙桃花眼微微上翹。

「阿嚴，你剛剛說什麼來著，這是安國公府族中來的孤女？」

「回主子的話，正是。」

「有意思。」那雙桃花眼亮了幾分，似是遇到了什麼感興趣的事情。半晌，五皇子摸著下巴，問了一句。「本皇子真的有那麼好嗎？」

嚴公公道：「您在奴才心中自然是最好的。」

五皇子挑了挑眉，不知在想些什麼。

頓了片刻，嚴公公覷著五皇子的臉色，道：「主子，您莫要動怒。蘇三郎久居漠北，對您不瞭解，所以才會誤解您。」

「哦？誤解？他說的不都是真的嗎？」五皇子語氣淡淡的。

「可是，那些事……」嚴公公張了張嘴，看著主子臉上的神情，又閉上了。

過了許久，嚴公公轉移話題。「主子，外頭約莫快要比完了，咱們要不要出去看看？」

五皇子嗤笑了一聲，問：「你是覺得阿和能贏，還是覺得蘇三郎會輸？」他雖然不喜蘇三郎，但對他的實力還是有清楚的認知。

嚴公公臉上的笑僵了一下，呵呵笑了兩聲。「重在參與，重在參與。」

「走吧，出去看看，免得又打起來了。」五皇子徐徐道。

嚴公公沒再說話，緊緊跟在五皇子身後。

上半場蘇宜思看得有多開心，下半場她就有多鬧心。

她爹怎麼回事啊，怎麼就不信她的話。不信她的話便也罷了，還跟三皇子好得不得了。這該如何是好啊……關於爹娘的親事，關於安國公府的未來……她感覺任重而道遠。

「還在氣呢？喏，給妳。」蘇顯武把比賽贏的彩頭遞給了蘇宜思。「看，這把刀多漂亮啊。」

這小姑娘還小，得哄哄。

蘇宜思看著面前鑲了寶石的刀，看向她爹。

她又不會武藝，要這把刀做什麼？況且，這刀再漂亮，本質也是一把刀，又不是衣裳首飾。

「不用客氣，拿著吧，我特地要過來給妳的。」

他們國公府家大業大，平日裡他出手也比較大方，有什麼好東西也從不跟人爭搶。今日還是他第一次主動要東西，見他要，其他人紛紛禮讓。

蘇宜思不太甘願的接了過去。「多謝三叔。」

蘇宜思接過刀，小心翼翼的拿著，生怕一個拿不好傷到了自己。

另一邊，五皇子看著滿臉喪氣坐在一旁悶悶不樂的邵廷和，問：「服氣了？」

邵廷和抿了抿唇，道：「服了。」

說完，又補充了一句。「我這是服了蘇三郎，可不是服了那一群道貌岸然又陰險狡詐的人！」

「廷和，也不是我說你，蘇三郎有多厲害你又不是不知道，還拉著我們過來比什麼，來丟人的嗎？」

聽到這話，邵廷和瞪了那人一眼，因著五皇子在，他忍住自己的怒氣。

五皇子看了一眼蘇顯武的方向，道：「輸給蘇家三郎有何丟人的？若是讓人傳出去你們輸給了溫元青那才叫真的丟臉。」

眾人聽到這話，頓時眼睛一亮。

對啊，上回他們是給溫元青下的戰書。這幾日溫元青可沒少在外面吹噓自己贏了他們，卻絲毫不提蘇三郎的名字，讓他們丟盡了顏面。

這回他們可是給蘇三郎下的戰書。

「還是九思想得周到。」

「走了，餓了，喝酒去。」

「得了，走吧。」

在五皇子看過來的那一瞬間，蘇宜思就注意到他了。

雖然離得遠，但蘇宜思還是看清他的容貌。

這世上，竟然有長得這般好看的人。

皎若天上月，姿如林間風。一行一止皆是景，一顰一笑皆是畫。

見小騙子緊緊握著刀，拿得仔細，蘇顯武略有些得意的問：「喜歡嗎？」

他一眼就看中這把刀，亮閃閃的，五彩繽紛，定然是小姑娘的最愛。誰知問完，卻沒得到答覆。

蘇顯武的視線從寶石刀上挪到小騙子的臉上，卻見小騙子正盯著不遠處的人群看著，眼神中滿是驚豔。

「爹爹，那穿紫色衣裳的人是誰？」蘇宜思扯了扯蘇顯武的衣裳問道，問話時，眼神始終看著不遠處。

這麼好看的人想必老了之後也會好看的吧？年輕時定然有不少傳說。她怎麼就沒見過，也沒聽家裡的人說起過呢。

順著蘇宜思的目光看過去，蘇顯武冷笑了一聲。

呵。剛剛是誰說自己不以貌取人的？這會兒不還是在看那張臉，為那張臉著迷！

「爹，那人到底是誰呀，就是長得最好看的那個。」蘇宜思又補充了一句。

長得最好看……蘇顯武覺得心裡堵得慌。

「嗯？」蘇宜思看向了蘇顯武。「爹，您是不是不認識他啊？」

蘇顯武忍住怒氣，咬緊後牙槽，道：「那就是個陰險毒辣又好眠花宿柳之人，是京城中最紈袴的人！」

聽到如此評價，頓時，蘇宜思眼中的光黯下去一半，竟然是個這樣的人。

瞧著小騙子的反應，蘇顯武心中的鬱氣消散了一大半，他笑了。

小騙子真的不認識五皇子？他剛剛還在懷疑，她是不是五皇子那邊派來的。看來，是他多慮了。

「不過，傳言也未必是真的，世人多半對長得好看的人有著諸多誤解。」

即便不知道他的身分也要為他說話？五皇子到底哪裡好了！

蘇顯武心絞痛又犯了。

比賽結束，輸的人去安撫受傷的心靈了，贏的人自是去慶祝勝利。

因著蘇宜思在身側，蘇顯武本不想去的，無奈今日的主角是他，他不去不行，就只好跟著去。他沒把蘇宜思送回府裡，而是連她也帶上了。

因為他之前答應過她了，要帶著她逛逛京城。

不過，他可沒敢讓蘇宜思跟他們一桌吃飯，他這女兒長得如花似玉的，在座的可是有不少未成親的。即便是成親了，也怕他們有別的想法。

況且，往後若是說出去，可怎麼說親。

他專門讓人開了個單間，給她叫了一桌好菜。

席間，自然又有人問起蘇宜思的事情，蘇顯武並沒有岔開這個話題，而是頗為鄭重的介紹了她的身分。

「雖說是我從族中帶過來的小姑娘，但我母親非常喜歡她，把她當成了親生孫女一般，日日離不開她，連她的房間都安排在正院。我母親已經著人修繕府中的院子了，就是我們府中的那一處閣樓，在正院旁邊那個，靠著湖，等過幾日估計就能打理好了。以後她就在我們府裡住著了，是府裡的正經姑娘。」

一聽這話，眾人心中都有數了。

有些人甚至在心中拿她和安國公府的庶女蘇嫣做對比，別說幾乎從未聽蘇顯武提起過這個庶妹，自從府中的那位大姑娘沒了，國公夫人也很少帶著那位庶女出門。

可這族中來的孤女雖說只到京城不到兩個月的時間，卻已經被蘇顯武帶了出來，國公夫人更費心打點她的居所。

可見，這姑娘在國公府的地位不一般，怕是要比那個庶出的姑娘還要受寵一些。

一個姑娘在娘家受寵與否，等她嫁到夫家，可就作用大了。不受寵的嫡女，那是連庶女也比不上的。

「雖著小廝的衣裳，但看言談舉止就知道是個好姑娘。」

「一看就知是國公府裡的姑娘，有大家風範。」

眾人聽懂蘇顯武的話外之意，紛紛誇讚。

蘇顯武對眾人的反應也很滿意，雖說這閨女不是他現在生的，但好歹可能是他未來的女兒，可不能讓人輕視了。

飯後，蘇顯武覷著蘇宜思的神色，瞧著她似是不怎麼開心，便說帶她逛逛京城。

蘇宜思本就對這個時候的京城好奇，一聽這話，臉上終於有了點笑意。

瞧著蘇宜思臉上的神情，蘇顯武知道自己做對了，便大手一揮，道：「走，我帶妳去南門看雜耍的去。」

「南門太遠了，要不，咱們在這附近逛逛？」蘇宜思提議。

蘇宜思並不是那麼想看，她只想逛逛小吃攤、看看小玩意兒。

蘇顯武還在勸說。「那雜耍的可好看了，那邊有人嘴裡能噴火，帕子能變成一朵花，猴子能爬幾公尺高，還有人能頭頂碗去跳舞，這些妳都沒看過吧？」

蘇顯武不光嘴上說，臉上也是一副不去就可惜的神情。

蘇宜思抿了抿唇，她是真的不想看，因為小時候看太多了。

「爹，女兒小時候，您帶我看過太多回了。每回出門都帶我去看雜耍，甚至連人家的小把戲都看穿了。」蘇宜思小聲說。

看穿了，有些事情就沒意思了。

蘇顯武尷尬的笑了笑，道：「是嗎，我原來那麼厲害嗎？那噴火的把戲我到現在還沒看明白呢，要不，妳給我講講？」

蘇宜思看著蘇顯武，一臉不可置信。

片刻後，方找回聲音。「爹爹果然是在騙我，原來那些把戲真的不是您看穿的。當初祖母說的時候我還不信，虧我那麼相信爹爹！」

蘇顯武覺得更尷尬了，有些不好意思的說道：「興許，我現在還年輕，等過些時候就能看穿了？」

蘇宜思搖了搖頭，堅定的說：「不，爹您再看一百遍也看不出來。」

就這麼不相信他？蘇顯武想非得給它看明白了！卻聽那小騙子接著說了一句。

「因為祖母說了，是娘告訴您的。」

蘇顯武驚了，他媳婦有這麼厲害？

「挺好挺好。」蘇顯武喜道，這樣他就不用去費心想了。

瞧著小騙子又要說些什麼，蘇顯武連忙岔開了話題。「要不，去聽戲？聽說梨園的戲不錯。」因為他知道，她定是要說些與她娘有關的事，可他打心底抱持懷疑。為了避免衝突，還是轉移話題的好。

蘇宜思收回想說的話，道：「還是不去了吧，爹不是最討厭聽戲了嗎，一聽就犯睏。」

蘇顯武有些尷尬，這閨女還真是啥都知道。

「那妳說要去幹啥？」

「就在這附近逛逛吧。」

「行。」

一開始，蘇宜思還規規矩矩的。接著，蘇顯武就發現向來穩重的小姑娘像是變了一個人似的，摸摸這個，瞧瞧那個，臉上的笑容也越來越多。

看來，她是真的喜歡。

「京城好吧？」蘇顯武得意的問：「是不是比妳那時候好？」

蘇宜思回頭看了一眼她爹，道：「爹，您想啥呢，可比往後差遠了。」

「真的？」蘇顯武不信。

蘇宜思四下看了看，小聲說：「五皇子特別厲害，京城被他治理得井井有條，是最繁華的都城。」

蘇顯武心中冷笑一聲。

五皇子？絕不可能。

此處人多，說完這話，蘇宜思沒再說，又繼續逛了起來。

蘇顯武也沒把剛剛那話當回事，陪在蘇宜思身側，她看中什麼，就給她買什麼。逛了小半個時辰，蘇顯武手中已是滿滿的一大堆東西。

瞧著手中的小玩意兒，蘇顯武想，這閨女可真好養活，要的都是些便宜的東西，沒有超過一百文的。

走著走著，蘇顯武瞥到一家首飾鋪。

瞧著蘇宜思今日的穿著，再想想她平日裡的打扮，他把她叫住了。「去裡面看看吧。」

蘇宜思轉頭看了一眼，竟然是珍寶閣！「咦？這鋪子二十多年前原來在這邊啊。」

蘇顯武好奇的問：「那多年後在哪裡？」

蘇宜思指了指南邊的方向，道：「在京城最大的主幹道，南北大街上。鋪面比這個大多了，有五層樓那麼高，是京城中最大的鋪子。」

蘇顯武心想，現在這裡也是京城最大的首飾鋪子。不過，難道將來真的比現在繁華？

在蘇宜思的心中，身側的這個男子雖然比她大不了幾歲，但卻是她親爹。所以，親爹給她買東西，她並不會拒絕，反倒是開心得很。

一進門，蘇宜思就被櫃檯裡的首飾吸引了。

雖然鋪子沒有往後大，但品質卻半點不差，首飾好看得很。蘇宜思開心得讓人把自己喜歡的首飾拿出來，一一試戴。

蘇顯武就站在旁邊看著，看著看著，他發現不對勁的地方。

他雖然沒在這裡買過東西，但也跟他娘來過，多少知道這些東西的價格，小騙子竟然要的都是最便宜的。

小騙子好像很是節省，行事作風一點都不像他閨女。他若是真的生了閨女，絕對會把最好的給她。難不成往後安國公府真的窮到這個地步？

「把你們這裡珍藏的首飾拿出來看看，要最上乘的。」蘇顯武強調。

蘇宜思聽後看向了蘇顯武。

「不必替我省錢，我有得是錢。」蘇顯武一副財大氣粗的模樣。

蘇宜思抿唇笑了，道：「好。」

夥計瞧著面前的小廝，再瞧著蘇顯武的打扮，自是連忙去拿了。他才不管這些貴人們的事情，他只管賣東西。

很快，鑲著寶石的步搖、嵌著珍珠的首飾就擺在蘇宜思的面前。

雖說出身侯府，縱然府中還有些錢，但眾人也不會太過鋪張浪費。能省則省，像這種首飾，沒有重要場合更是不會買。

縱然以蘇宜思的眼光來看，這些首飾款式有些老氣，但她還是挑花了眼。她是覺得這個也好看，那個也漂亮。實在是拿不定主意，蘇宜思看向身側的蘇顯武。

「您覺得哪個好看？」

然而，抬頭看過去時，卻發現她爹正看著別處，臉上的表情像是有些嫌棄，甚至不自覺嗤笑了一聲。「呵。」

「怎麼了，爹──」

說著話，蘇宜思順著蘇顯武的目光看了過去，然而，在看到對方是誰時，一句話頓時卡在喉嚨裡。

蘇顯武沒發現蘇宜思的異常，順著她的話答道：「沒什麼，就是覺得吧，南邊來的姑娘忒……」

本想說「矯情」二字，又覺得不太妥當，於是改了下。「忒講究了些，不如漠北的姑娘爽朗。」

不是他說，那姑娘真的是矯情得很。糖葫蘆非得要扁的，圓的不吃，圓的扁的不都是糖葫蘆嗎，有什麼區別？一樣是山楂做的。

而且，他剛剛聽到了什麼，釵子上的枝葉圖案不要，非得改成祥雲。那麼細小的紋路，又是插在頭髮裡的，誰能看得見？又有誰會盯著別人的頭髮看。

這時，只聽蘇宜思低聲驚呼。「娘……」

「妳說什、什麼？」聽到蘇宜思的驚呼，蘇顯武怔住了。

這是他未來孩子的娘？他會娶這樣的姑娘？

蘇顯武感覺一口氣差點沒喘上來，他可能真的需要去找個郎中看看了。蘇顯武覺得，這件事情比他剛剛得知五皇子將要登上帝位還要虛幻。

登帝位這件事情畢竟是別人的事，他也無法完全猜到眾人的想法是什麼。

雖然表面上看來三皇子如今最得勢，可二皇子也不差，四皇子也很得帝心，五皇子又時時給三皇子使絆子……往後如何都是說不準的。

可，娶妻這件事情，他還是能自己做主的。他的心是如何想的，他清楚得很。

他不可能喜歡這樣的姑娘的，更不可能娶她為妻！他喜歡性子爽朗、做事大氣的女子。這樣矯情的姑娘莫說娶回家了，單是看著他就不舒服。

一想到小騙子之前說他對她娘特別好，特別喜歡，他就覺得渾身一寒。

那畫面實在是太嚇人，他無法接受。

自從看到楊氏，蘇宜思腦海中就把旁的事情都忘卻了，她的眼睛裡只能看得到母親。

雖說中間差著二十多年，可蘇宜思還是一眼就認出母親。而且，她堅信自己沒有認錯。

年輕時的母親真好看啊，笑得很燦爛，臉上有小女兒的嬌態，整個人看起來明媚大方。母親因為婚事一事，受盡了折磨。縱然有父親的疼愛，母親仍然覺得在府中抬不起頭來，沈默寡言，時時坐在床邊發呆，也就只有見著她和父親的時候能有些笑臉。

想到這些，蘇宜思的眼眶漸漸紅了，眼淚也從眼眶裡掉下來。

她連忙側身抹了抹眼淚。這輩子，母親的笑容由她來守護，她定會讓母親避開不幸的婚姻。

抹完淚，蘇宜思想到站在她身側的父親，連忙轉過頭去，想跟父親說幾句話。

然而，卻見父親大步往前走去。而他去的方向，正是母親站著的地方。

蘇宜思沈悶的心情頓時一掃而空。

父親這是……對母親一見傾心了？果然，爹爹也就是嘴硬，真的見著母親，一下子就喜歡上了，蘇宜思的臉上漸漸揚起一絲笑容。

然而，在看到接下來的一幕時，笑容頓時僵在臉上。嗯……原來爹爹不是去找娘了。

「你……你……你做什麼？」一個佝僂著身子，約莫五旬左右的婦人，看著面前又高又壯的男子說道。

蘇顯武雙手環胸，瞪了一眼面前的人。

蘇顯武畢竟是行伍出身，上過戰場，還沒出手，僅是看了對方一眼，就讓人站不住，跪坐在地上。

「拿來！」蘇顯武居高臨下冷冷的道。

這時，大堂內所有的人都看了過來。

那癱坐在地上的婦人頓時開始撒潑。「快來看看啊，這貴人無緣無故打人了，他欺負我老婆子啊。」這聲音有些淒厲，又怪異得很。

蘇顯武冷哼一聲。他本不想動手的，畢竟他手重，怕收不住，無奈對方並不識趣，那就怪不得他了。

那癱坐在地上的婦人找到空子，身體靈活的往旁邊躲。

她又怎會是蘇顯武的對手，蘇顯武腳動都沒動一下，就把對方提起來。

「啊，殺人了、殺人了。」婦人仍舊在喊著。

楊氏自然也看到了這邊的情形。

她身邊的丫鬟小蝶也看了過來，瞧著蘇顯武的臉，她激動得扯著自家姑娘的袖子。「姑娘，您快看，是那天的那個男子。」

楊氏蹙了蹙眉，盯著蘇顯武看了幾眼，也想了起來。再看此刻蘇顯武臉上凶狠的神情，身子忍不住瑟縮了一下。

這男人……也太可怕了。

「這個人太過分了，竟然欺負老人家！」想到那日的事情，小蝶對蘇顯武可沒什麼好印象，此刻再見他在大庭廣眾之下如此，更是不喜。

楊氏雖然害怕蘇顯武，但還是保持著一絲理智，小聲道：「說……說不定有什麼隱情，咱們不知道，還是不要妄下定論。」

「姑娘，您就是太心善了，看誰都像好人。」

「好了，莫要說了。」

接著，就見蘇顯武把那「老婦人」背上的枕頭抽出來，又把她頭上戴的東西扯下來。眾人頓時大驚，哪裡有什麼老婦人，這分明是個男子！

蘇顯武從那男子袖中拿出一個繡著蘭花的荷包，眾人這才明白是怎麼回事，再看蘇顯武時，眼神跟剛剛不一樣了。

「送去見官！」蘇顯武把這扒手丟給鋪子的掌櫃。

「是是，多謝貴人。」掌櫃的連忙道謝。

來這裡買東西的人非富即貴，若今日在這裡丟了東西，他們賠錢事小，得罪官宦女眷才是大事。

接著，蘇顯武瞥了一眼楊氏，大步朝著她走了過去。

楊氏瞧著這又高又壯的可怕男子正朝著她走過來，有些心慌害怕，那種威壓感她在別的人身上沒感覺到過。然而，眼角餘光瞥到蘇顯武手中的荷包時，頓時一驚，連忙低頭看了看自己的腰間。

不見了。

這荷包竟然是她的，而這個男子為她抓住了小偷，還把她的荷包送回來。

頓時，蘇顯武的形象在楊氏這裡翻轉了，此刻，她覺得蘇顯武高大極了，給人極大的安全感。心中有一處，也如羽毛一般，輕撫了一下。

不過，這種悸動並未持續太久，等蘇顯武開口說話時，就蕩然無存了。

「姑娘也太不小心了吧？被人偷了荷包都不知道。還識人不清，男的都能認成女的，我看姑娘以後出門還是小心些好。」蘇顯武毫不客氣的厲色說道。

別以為他剛剛沒聽到，那小丫鬟說的話他可是全都聽到了。他好心給她抓小偷，她非但不感激，還在背後說他的不是。

說罷，蘇顯武直接把荷包丟給楊心嵐。

楊心嵐出身於書香門第，家中是傳承幾百年的世家，每個人說話都客客氣氣的。且她出身好，旁人待她總是會多幾分小心和耐心，她何嘗聽過這麼重的話。

頓時，一股尷尬和委屈從心頭升起，眼淚也不期然滾落下來。

美人落淚，總是會讓人憐惜。

蘇顯武也不例外。不過，他倒不是憐惜，而是心裡有些悶悶的，堵得慌。他正要開口再說些什麼，只見美人撞了他一下，捂著臉跑了。

「姑娘，姑娘……」小蝶慌忙追了過去，路過蘇顯武身邊時，瞪了他一眼。

蘇宜思沒想到短短片刻發生了這麼多事，她來不及跟她爹說什麼，也追了出去。

「娘……姑娘，我爹……我三叔不是那個意思，您莫要誤會他，他那人不會說話，但是心眼——」蘇宜思一著急就忘了改變稱呼。

話還沒說完，手就被人打開了。

小蝶也追了過來，擋在楊心嵐面前，怒斥。「真是奴隨主子，小廝也這麼不懂事。你敢碰我們家姑娘，仔細砍了你的手！」

蘇宜思這才想起自己今日穿了一件小廝的衣裳。「不是……我不是……」

「滾開！」小蝶罵道。

瞧著母親和侍女上了馬車走了，蘇宜思頭都要炸開了。

再看追過來的父親，蘇宜思感覺追娘之路道阻且長。

「這姑娘也忒矯情了，我還沒說什麼呢，就哭了。」蘇顯武如此評價。

蘇宜思不想理她爹了。

蘇顯武也不怎麼想說那姑娘的事了，轉而跟蘇宜思炫耀。「妳有沒有覺得剛剛我那一招很厲害？」

呵。厲害。

實在是太厲害了。

在娘心中的印象一下子跌入谷底。

「想不想學？爹教妳。」

蘇宜思實在是忍不住了。「爹，您就不能跟娘說點好聽的嗎？」

蘇顯武也覺得挺委屈的。

他說什麼了？他剛剛不是做了件好事嗎？怎麼非但沒當成英雄還被人嫌棄了，而且一個、兩個的都這樣。

第九章

楊氏走後，蘇宜思也沒心情看首飾了。

等上了馬車，她仍舊不想搭理她爹。

她真懷疑自己是不是做錯了。有些事情告訴了她爹，結果一點用都沒有。

蘇顯武也不傻，回想整件事情，慢慢就明白女兒為何生氣了。可今日的事情並不能完全怪他，他有什麼錯？明明是對方的錯，他也只是好心提醒對方罷了。

「我不可能娶那個姑娘的。」蘇顯武鄭重強調。

蘇宜思更煩了。

「以後有您後悔的時候。」蘇宜思小聲嘟囔了一句。

「不可能。」蘇顯武再次道。

蘇宜思看她爹這樣子，也知道此刻說不通了。正好，此刻她煩得很，不想跟她爹多說一個字。然而，閉上眼睛，回想今日的事，又覺得她爹的表現有些不尋常。

「爹，您之前是不是就認識娘？」

蘇顯武本不想提那件事情，見女兒問起，便說了。「給她她還不要，當真是矯情。」

蘇宜思兩眼一黑，有些後悔問這件事情了，她還不如不問，問了更生氣。不過——

「爹，您其實覺得娘跟旁人是有些不同的對吧？」

是的，特別矯情。

但他沒說。因為他知道小騙子生氣了。

「要不您那日怎會這般好心給娘糖葫蘆？對了，今日您也是主動幫娘的。您雖然嘴上說得不好聽，其實是真的為了娘好。」

越說，蘇宜思越覺得自己猜對了。

蘇顯武抿了抿唇，仍舊沒說話，他怕說出來小騙子更氣了。

蘇宜思以為自己猜對了，自己爹才沒反駁的，心情一下子就變好了，臉上的笑容也燦爛了幾分。只要爹爹心中有了娘親，一切都好辦了。

瞧著她這樣子，蘇顯武更不好意思反駁了。罷了罷了，她能開心起來就好。他剛剛已經因為五皇子的事情跟她吵過一回了，剛才又差點吵了起來，可不能再吵了。

總之他自己的親事自己知曉，他是絕不會娶那楊家姑娘的。

二人回到府裡，周氏照舊又把兒子罵了一頓。

總之，到了年紀不成親，周氏看兒子哪兒，哪兒都不順眼。

蘇顯武被罵習慣了，臉上神情沒有絲毫波動，見他娘罵累了，立馬腳底抹油跑了。

周氏也沒把他叫回來，心想，等到宴席那日，看他再怎麼躲。這一次，她勢必要給兒子定下親事。不成親，絕不讓他回漠北。

終於，到了宴席那一日。

來到這裡之後，這是蘇宜思第一次參加宴席，也是她活了這麼多年，參加規模最大的一次宴席。

要知道，在往後，平安侯府被皇上厭棄，淪落為三流侯府。府中的人低調過日，不會、也不敢太過張揚，而那些頂級權貴，府裡有什麼事也不會邀請他們。

就連進宮這件事，蘇宜思也只去過那麼幾次。

帖子上說的是巳正，可不到辰時，便有人等在國公府門口了。即便是進來見不著主子，依舊歡天喜地的搶著要進來。辰正左右，門口已經車水馬龍，聚滿了來做客的人。

府中，衣香鬢影，珠釵環繞，怕是整個京城有頭有臉的婦人都來了。

這種盛況，蘇宜思還是第一次見。

蘇宜思一直陪在周氏身側，外院主要是蘇顯德和蘇顯武兄弟倆在招呼，裡面是吳氏在陪著客人。至於庶出的蘇明珏夫婦，跟在一旁打下手，陪著一些不太重要的客人。

還有兩刻鐘到巳時，周氏終於從裡面出來了，跟在她身側的，正是蘇宜思和蘇嫣。

周氏一出來，場面瞬間安靜下來。

那些身分不如周氏的，年紀又輕的，連忙站起來，朝著她行禮。「見過國公夫人。」

周氏緩緩邁著步子，徐徐走到大堂的主位坐下，熱情的招呼著眾人。「大家客氣了，快坐下，快坐下。我這老婆子一病，還得煩勞大家來看我，倒讓我過意不去了。」

「您太客氣了，我們本應該早些來看您。」

「如今瞧著您身子好了，咱們也就放心了。」

眾人紛紛說著奉承話。

周氏面上一直帶著笑。

蘇宜思站在一旁，悄悄的看著眾人，好奇的猜測著眾人的身分。很可惜，她對這些人並不熟悉，竟是一個都沒認出來。有些人有些眼熟，卻想不起是哪位夫人了。

也不知道是這些人二十多年後變化太大，還是不在京城中了，或者——沒再到府裡走動了。

「幾個月不見，嫣姑娘又漂亮了幾分。」一個婦人看著蘇嫣誇道。

「可不是嗎，嫣姑娘長開了，越發好看了，也不知將來要便宜哪家的小子。」另一個婦人道。

周氏面上仍舊帶著笑，順著眾人的話說了幾句。

蘇宜思看了眼周氏臉上的神情。她陪在祖母身邊多年，自是知曉她的意思。祖母的笑意並未達到眼底，看來，這些人與府中的關係並不是那麼親密。

也怪不得她不記得這些人了。

怕是等到國公府倒了，這些人便跟府中斷了聯繫，沒再來過府中了。一想到這一點，蘇宜思臉上的笑也淡了幾分。

這時，門口傳來了婆子的聲音。「辰國公夫人到！」

聽到這話，屋內又是一靜。

周氏站了起來，臉上的笑意加深了幾分。「快，快請進來。」

話音剛落，辰國公夫人就已經進來了。

「我這剛站起來，還沒來得及迎接，妳就進來了。」周氏笑著說。

辰國公夫人笑了笑，道：「我還用妳迎？我難道沒有腳不成？要不，往後我來，妳讓人用八抬大轎抬我？不抬我可就不進來了。」

「行行行，我親自去抬妳成不？」周氏立馬應下。

辰國公夫人也順著周氏的話說道：「那敢情好，眾人可都聽到了，下回安國公夫人不抬我我就不來了。」

光是聽這二人的對話，便知這二人關係不差。旁人身分不夠，插不上話，只在一旁笑著湊趣。

說著話，辰國公夫人被迎到上座坐著。

「見過國公夫人。」蘇嫣乖巧的行禮。

辰國公夫人一直在和周氏說話，沒空搭理她，只簡單點點頭作數，看也不曾看她一眼。

「妳身子可是真的好了？」辰國公夫人緊張得問周氏。

周氏握著辰國公夫人的手，笑著說：「好了，真的好了。」

「九月裡我離京的時候，妳還好好的，我竟不知妳月前病得那麼重。這幾日回京才聽說了此事，恨不得立馬來一趟。可我兩個月不在府中，府裡又一大攤子事，沒能走開。」辰國公夫人歉疚的說道。

兩個月前，辰國公夫人族中的族長夫人去世了，因國公夫人年輕時受過她的照拂，便回去了一趟。等她回來後，才得知自己的老友病了。

剛剛走了一個親近的人，這會兒又聽說周氏病了，她心裡既難過又緊張，雖然聽說病好了，心裡仍舊有些餘悸。

本想著立馬來看看，可府中又亂作了一團，兒子身邊的姨娘害得兒媳見紅了，昨日剛剛處理好，今日終於得空來看看了。

「妳這是說的什麼話，咱們二人哪裡需要講究這些。」

她們二人關係甚篤，周氏又怎會怪她。按照好友的性子，肯定知道她病了就會來看她，既然沒來，怕是府中出了什麼棘手的事，她反倒是更關心她府裡的事。只不過如今人多，不好問。想著，一會兒抽個空，私底下問問。

「妳不怪我就好，是我不周到了。」辰國公夫人道。

下面坐著的婦人們紛紛說了起來。「兩位國公夫人感情真好。」

「兒子也爭氣，世子文武雙全，鎮北將軍又擊退了敵軍。」

「辰國公世子也是一表人才，能文能武……」

「我可比不得她，兒子個個是成材的。」辰國公夫人笑著調侃周氏。

周氏無奈的搖搖頭，指著辰國公夫人，笑著道：「妳這張嘴啊，慣會說話的。」

「難道我說的還有假不……成。」辰國公夫人正笑著說周氏，說到一半，在看到周氏身側站著的人時，頓時卡住了，最後那個字，也就離得近的人聽到了，旁人都沒聽清。

「這……這……這是？」辰國公夫人震驚得說不出話來。

坐在下頭的那些婦人們也順著辰國公夫人的目光，把視線移到蘇宜思的身上。有些常常來國公府的婦人，漸漸看出端倪。有些人從前只遠遠看到過國公府的姑娘們，倒是有些不明所以。

周氏回頭看了一眼站在她身側的蘇宜思，嘴角露出一絲笑意。她朝著蘇宜思招了招手，道：「思思，過來。」

蘇宜思上前走了兩步。

隨後，周氏又轉過頭，看向辰國公夫人。「我正準備給妳介紹呢。這是我們蘇家族中的一個姑娘，爹娘去世得早，家中只她一人了。前些時候，三郎從漠北把她帶了回來。」

「像，真的是太像了……」辰國公夫人看著面前的蘇宜思喃喃道。

自從辰國公夫人進來，蘇宜思就一直在看她。

她想，剛剛她費勁認人的舉動真的很愚蠢。真正跟府中聯繫多的人，她一眼就能認出來，即便是對方去世多年，她僅在幼時見過。

她出生時，侯府就已經式微了。因著上頭人的不喜，侯府在京城很是艱難，鮮少有人會跟他們府中來往。

從雲端跌到谷底，這時候就看出誰才是真正跟府中親近之人。辰國公夫人便是其中的一個。

旁人都躲著他們府，唯有她，常常來府中探望祖母，絲毫不避諱。聽說因著這事，她還跟家中的人起了爭執。

可這麼好的一個人，卻因一場急病，才過五旬便去世了。

「好孩子，妳快過來，讓我仔細瞧瞧。」辰國公夫人朝著蘇宜思招了招手。

看著這張多年未見的臉，再看這一雙滿懷慈愛的眼神，蘇宜思的眼淚忍不住掉下來。

「怎麼哭了？」辰國公夫人關切的問。

蘇宜思連忙抹了抹眼淚，哽咽的道：「就是莫名覺得，夫人很是親切。」

站在另一側的蘇嫣，看著蘇宜思的姿態，氣得牙癢癢。這個破落戶，當真是好手段，明明從未見過辰國公夫人，卻能說出這樣一番話。

當真是跟二哥說的一樣，是戲班子來的！

蘇宜思的話讓辰國公夫人也紅了眼眶。想到那個笑容明媚，張揚燦爛的小姑娘，心中酸澀難耐，那麼好的一個小姑娘，怎麼就那麼早沒了。

當真是天妒紅顏。

「我也覺得妳親切得很。」辰國公夫人道，她忍不住摸了摸蘇宜思的手，仔仔細細打量她。

隨後，她看著周氏，道：「我道妳的病怎地突然好了，原來是有了引子。」

周氏一臉慈愛的看著蘇宜思。「說什麼引子，她們不一樣的，思思是個好孩子。」

辰國公夫人先是一怔，隨後笑了，說：「瞧我說什麼呢。這孩子我一看就喜歡，我得給她找個見面禮。」說著，辰國公夫人就把手腕上的鐲子脫下來，戴在蘇宜思的手腕上。

蘇宜思知道這鐲子的價值，連忙看向周氏。

蘇嫣眼睛緊緊盯著蘇宜思手腕上的鐲子，嫉妒之火在心中升騰。她從前比不過蘇蘊萱便也罷了，如今竟然連一個孤女也比不上了嗎？

周氏本想推拒的，可辰國公夫人堅持，這鐲子便戴在蘇宜思的手腕上。

「還不快謝謝國公夫人。」

「謝謝國公夫人。」

落落大方，知進退，辰國公夫人看蘇宜思是越看越喜歡。

「這孩子是宜字輩的，是我的孫輩。她沒了爹娘，往後這裡就是她的家。」周氏徐徐說道。

這話是對辰國公夫人說的，更是對在座的眾人說的。

雖然周氏這話說的聲音一點都不大，可眾人卻聽出分量。

蘇嫣手中的帕子都快要被她絞爛了。走了一個蘇蘊萱，又來了一個蘇宜思，在這個國公府中，她永遠都要被人壓一頭。

眾人紛紛在心中道，這個孤女運氣真好，因為長得像府中早逝的姑娘，就得了這樣的好運道，一朝就從麻雀飛上枝頭變成了鳳凰。

剛剛隨著母親進門的一個小姑娘，也隨著眾人的話看向蘇宜思。然而，在看到蘇宜思的長相時，臉頓時變得煞白。

「見過安國公夫人，見過辰國公夫人。」剛進門的永定侯夫人朝著兩位坐在上首的兩位夫人行禮。

跟在她身側的兵部侍郎的嫡妻王氏也連忙跟著行禮。今日她並未收到帖子，但她姊姊成了永定侯的繼室。她便覥著一張臉，跟隨永定侯府的馬車一道來了。

她之所以想要混進來，自然是因為安國公如今是武將中最有權勢之人，朝中大半的武將都唯他馬首是瞻，且皇上又極為信任安國公。試問，這樣的府邸辦的宴席，誰不想進來。不說別的，若是能在兵部尚書夫人面前說上幾句話，也是極好的事情，對丈夫的事業大有裨益。

不僅她來了，她還帶著自己的女兒來了。

王氏行完禮，才發現女兒像個傻子似的，站在自己身側，直直的盯著國公夫人身側的小姑娘。她剛剛都聽到了，這小姑娘雖說是個孤女，但如今已經正式入住國公府了，頗得國公夫人喜歡。

見安國公夫人朝著她們點點頭，便想讓下人引著她們去旁邊坐著了，王氏連忙推女兒出來。「雲兒，妳是不是認識國公夫人身側的蘇姑娘啊？妳們年歲相當，不如妳跟蘇姑娘一起去玩？」

她正愁跟國公府搭不上話呢，本來想著讓女兒親近一下國公府的庶女，沒想到女兒似乎認得國公府新來的這個小姑娘。

若真的認識，就好了。

只見那名叫雲兒的小姑娘像是受到了什麼驚嚇一般，使勁的搖頭，顫抖的說：「不，不，不認識，我……我沒見過蘇姑娘。」

王氏看著女兒的樣子，氣得牙癢癢的。真不知道她這是養了個什麼東西，這般上不得檯面，盡是給她丟人現眼。

周氏微微蹙眉，看了一眼蘇宜思。

一個眼神，蘇宜思便明白了祖母的意思，她把目光從王姑娘身上挪開，朝著祖母搖了搖頭。

她來這裡之後只和爹爹出過一次門，也不記得見過這位王姑娘。

周氏心中有數，看了一眼侍女，道：「妳們領著侯夫人和侍郎夫人去歇息吧。」

「是，夫人。」

永定侯夫人覺得丟臉死了。嫁給永定侯，她算是高嫁了，可永定侯跟安國公府，差距還是挺大的，他們侯府，也就堪堪夠門檻來這裡。見自家妹妹還要說什麼，她連忙扯扯她的衣袖，紅著臉退下了。

蘇宜思看著這幾人的背影，心中升起一絲疑惑。

她確定自己是沒見過這位王姑娘的，或許，她認識自己的姑姑？可假使認識的話，也不該是剛剛那般神色才對。

辰國公夫人又跟她說了幾句話，很快，她便沒再想此事。

等出了門，永定侯夫人仍舊覺得臉上有些熱。

瞧著自家妹妹遺憾的模樣，斥道：「妳往後可不能再這樣托關係了。妳也不瞧瞧這是什麼地方！這可是安國公府，比王府都要尊貴的地方。若國公夫人不高興，把妳丟出去都是有可能的。」

王氏臉上露出訕訕的笑，想到始作俑者，她瞪了女兒一眼。「妳到底認不認識那個小姑娘？」

雲兒連忙搖頭。

王氏越發來氣。「不認識她?!不認識妳幹麼一直盯著人家看，讓我誤會，害我丟臉！」

雲兒抿著唇不講話。

永定侯夫人看不過去了，道：「行了，別老是訓斥孩子了。妳什麼心思我明白，但萬不可做得太過，不然，會適得其反。」

王氏沒再訓斥女兒，嘆了嘆氣。「知道了。」

陸陸續續的，又有不少夫人來到了安國公府，這些人的身分比早先來的要高一些。蘇宜思也終於見著了一些熟人。

比如，未來的燕王妃。

雖然二人沒見過幾次，但蘇宜思還是認出她了。燕王妃倒是沒什麼變，臉龐圓潤了些，張揚了些。這一點也是有緣由的，畢竟，她生的兒子被封為太子，也即將成為未來的天子。

此刻燕王妃尚是個小姑娘，乖巧的跟在她母親宣義侯夫人身側，行禮時也小心翼翼的。瞧著祖母給的見面禮，再看宣義侯夫人臉上的笑意，蘇宜思挑了挑眉。

原來，未來的燕王妃也曾差點許配給父親嗎？

仔細想來也是，未來的燕王如今還是個沒什麼實權的皇子。莫說他，他親生兄長五皇子也不過是個皇上不喜的紈袴皇子。即便是後來五皇子登基了，燕王依舊沒什麼實權，性子老實得很，是個閒散王爺。

與他相比，父親這個鎮守一方的年輕將軍確實更讓人青睞。

只是，這件事情她當真是沒想到。畢竟，自從她出生以來，就從未見過宣義侯夫人來過府裡拜訪，兩家的關係怕是隨著國公府的沒落，也漸漸疏遠了。

沒過多久，兵部尚書夫人也來了。

尚書夫人對周氏的態度親熱得很，說周氏是她的親姊姊也是有人信的。畢竟，那噓寒問暖的模樣當真是讓人動容。

可對蘇宜思來說，這同樣是個往後從未見過的陌生人。

除卻燕王妃，見到蘇宜思表現出震驚的還有兵部尚書家的女兒、威武將軍家的女兒等。這樣一對比，兵部侍郎家女兒見到蘇宜思時，不合時宜的表現反倒是沒那麼突出了。

看到兵部尚書，蘇宜思就想到了自己的外祖，新進的禮部尚書。可惜他剛剛入京，又與府中沒什麼聯繫，並不在受邀之列。若是這一次外祖母能帶著母親來就好了，說不定，事情能變得簡單些。

想到這裡，蘇宜思的心漸漸有些沈。

她跟祖母說了一聲，便出去透氣了。

蘇宜思一走，蘇嫣倒是鬆了一口氣。沒了蘇宜思，大家的目光又開始放在她的身上了，若是蘇宜思消失就好了，就像當年的蘇蘊萱一樣……當意識到腦海中冒出的想法後，蘇嫣後背出了一身冷汗。

她連忙收回心思，專心跟各個府中的長輩及同輩說起話來。

出了正屋，外頭有幾分冷意。蘇宜思裹了裹身上的衣裳，漫無目的的朝前走著。

不僅屋裡熱鬧，院子裡同樣熱鬧，下人們行色匆匆，都在忙碌著。

雖然來來往往的人多，但卻絲毫不見雜亂，一切都井井有條。

再往前走一些，能聽得到外院傳來的熱鬧聲。

聽那聲音，像是在比試些什麼，她隱隱約約聽到了父親得意的聲音。

院子還是那個院子，地方還是那個地方，天空還是那一片天空，與她從前抬頭看時沒什麼不同。可這一切，都像是一場夢，熱鬧與冷清，門庭若市與門前冷落，這一切都將在幾年內發生改變。

如今那一張張熱切的臉，也將會變成陌路人，甚至，高高在上鄙夷他們的人。

多麼不可思議。

聽著耳邊傳來的父親愉悅的笑聲，蘇宜思能想像得到父親意氣風發的模樣，她的心忽而沒那麼沈了。她想讓父親永遠都能擁有這麼爽朗的笑容，永遠都能上馬打仗，永遠都能做自己喜歡做的事情。

蘇宜思笑了。

轉身朝著內院走去。

然後——她迷路了。

等她發現自己迷路時，已經晚了。走了許久，她終於看到了前面有兩個丫鬟，她連忙快步上前，想要叫住她們。

然而，在聽到她們談論的內容時，又頓了頓。

「剛剛那人是誰啊，也太可怕了吧。蕊兒不過是靠他近了些，他竟然那般對她。」

「好像是五皇子。」

「原來那就是五皇子啊。」

「可不是嗎。」

「若不是三皇子恰好經過，蕊兒怕不是要被他殺了。」

「早就聽說那五皇子凶狠了，沒瞧見嗎，咱們府中的爺從來不跟五皇子一處的，跟三皇子處得好。」

「還是三皇子好啊，不像五皇子那麼殘暴。」

「以後見著他還是躲得遠遠的好。」

「站住！」兩個人正說著話，就聽身後有人叫住了她們。

兩個丫鬟頓時心裡一驚，轉身看了過去。瞧著來人是最近在府中頗受寵愛的思姑娘，又鬆了一口氣，這思姑娘再受寵，畢竟不是府中的姑娘，沒什麼可怕的。

「府中沒教過規矩嗎？怎能在背後這般議論主子？況且那人還是皇子，妳們有幾顆腦袋夠掉的？」蘇宜思雖然性子好，但畢竟也是在侯府中長大的，氣勢還是有的。

皇權至上。五皇子終究還是會登上帝位的，若是以後被人翻出在背後這般評價天子，怕就不是掉腦袋那麼簡單的事情了，不光是她們，整個國公府都要受到連累。

此刻教育她們一番，總好過往後受罪強。

兩個丫鬟雖不怎麼把蘇宜思當回事，但聽到這些話，還是嚇到了，連忙跪在地上。

蘇宜思又多說了幾句。「以後謹言慎行，不要在背後議論主子們。誰好，誰不好，不是單用眼睛就能看清楚的。」

「是。」

看小丫鬟被嚇到了，蘇宜思道：「忙去吧。」

「是。」

看著丫鬟的背影，蘇宜思心頭更是沈了幾分。她原以為只有父親那樣的身分才會那般議論皇子，沒想到府中的丫鬟也會這樣。跟後來侯府的低調相比，國公府真的是張揚極了。

莫說是權貴，就連皇子她們也敢議論。

這真不是一個好現象。

站在原地思索了片刻，等到抬起頭時，蘇宜思才想起剛剛自己為何要走過來了。她是要問路的，可這指路的人都走了，她該怎麼辦才好。

當真是氣糊塗了，把正事給忘了。

蘇宜思無奈的嘆了嘆氣。

她裹緊了衣裳，站在迴廊裡，四下看了看，期待著有什麼人再次經過，給她指指路。她剛剛實在是走了太多路，實在是不想動了。

想什麼來什麼，蘇宜思聽到身後響起腳步聲。

她轉頭看了過去。

只見一位身著藏青色華服，黑色皂靴，頭戴玉冠，烏髮及腰的男子，正搖著摺扇朝著她走過來。

這是一位外男。

蘇宜思理應躲起來。

可她並沒有。

這男子長得實在是過分好看了些，那日只遠遠看了一眼就覺得驚豔，如今離得近了，更是覺得他容色無雙。那些世人封的美男子，抑或者話本裡對美男的描述，在他面前都黯然失色。

第十章

蘇宜思一直盯著那男子看。

越看越覺得驚豔。不過……總覺得有點眼熟，似是在哪裡見過。可長成這樣的男子，若是她見過的話，應該有印象才對。真的是奇怪，究竟是在哪裡見過這名男子呢？

等那絕色男子走到面前時，蘇宜思終於意識到自己失態了。

她輕咳一聲，掩飾自己的尷尬。隨後福了福身，準備離開此處。

「迷路了？」轉身之際，那男子卻忽而開口了。

原來不僅長得好看，聲音也這般動聽。

蘇宜思停下了動作，回頭望了過去。

她發現對方雖用了問句，但卻能讓人聽出裡面的肯定。他篤定她迷路了，可是，他是怎麼知道她迷路的？她並沒有跟任何人說。正常人看到有人在一個地方，不是應猜測對方在等人嗎？

而且，她也不認識他，他為何主動與她搭話？這不是一個懂禮教的男子該做的事情。蘇宜思抿了抿唇沒講話，心底升起一絲防備。

這一看，便發現了異常。

這男子穿的這一身青色衣裳好生眼熟，好像是她爹爹新做的。爹爹喜歡穿暗色、素色的衣裳，這件衣裳是祖母前些時候特意讓人給他做的，可他嫌棄衣裳顏色太過鮮亮，今日還是沒穿。

倒是沒想到，這件新衣裳竟然穿在面前男子的身上。

爹爹那日不是言語間對這男子很是厭惡嗎？為何還會把自己的衣裳給他穿。

她心中有著諸多疑惑。不過，她是不會開口問的，她若是想知道，可以問爹爹，沒必要問他。

好看的東西欣賞一下就好了，沒必要深入探究，她也沒興趣探究。想到爹爹說這人不是什麼好人，蘇宜思朝著他福了福身，再次準備離開。

卻發現，那男子撩了下衣裳的下襬，直接坐在迴廊的欄杆處，慢慢搖著手中的扇子。

這是打算與她長談？可惜她沒這個打算。

她承認，他確實長得好看，不過，再好看她也不可能因為他的相貌做出什麼出格之事。福完身，蘇宜思頭也不回的走了。

「妳認識五皇子？」

身後響起一句話，蘇宜思頓時停住腳步，驚詫的回頭。

只見那男子仍舊一副淡然的模樣，輕輕搖著手中的摺扇。

瞧著他這副淡淡的神情，蘇宜思幾乎可以肯定一件事情。這男子從剛剛就已經在了，他定是聽到剛剛她與兩個丫鬟的對話。

「你剛剛聽到了什麼？」蘇宜思問，臉上露出防備的神色。

男子挑了挑眉，問：「妳是說剛剛那兩個丫鬟的話嗎？」

蘇宜思抿了抿唇，沒說話。

「哦，也沒聽到什麼有意思的事情。」男子淡淡的說道。

蘇宜思鬆了一口氣。

緊接著，就聽男子又補充了一句。「不過是比妳早來了一刻鐘，多聽了一些罷了。」

所以，他什麼都聽到了。

蘇宜思微微蹙眉。

那日，她記得這男子是與寧郡王在一處的，而寧郡王是五皇子的人，所以，他也是五皇子的人？剛剛那兩丫鬟可沒少說五皇子的不是。那些話萬一傳到五皇子的耳中可如何是好。

此刻蘇宜思不得不低頭。「她們還小，不懂事，還望您高抬貴手，不要把這件事情說出去。」

她低頭，不只是為了丫鬟，更是為了國公府。

大廈倒下非一日之功，這些看似小事，可積累多了，就可能會變成不可挽回的大事了。她不想往後發生的事情重演。

衛景看著面前的小丫頭，既沒有答應，也沒有反駁，嘴角始終帶著一抹微笑。

蘇宜思心裡實在是沒底，不知道這個男人到底是何意。就在她忍不住想要再次問他時，只聽他再次開口了，又問了一遍剛剛的問題。

「妳認識五皇子？」

蘇宜思沈默了。說認識不對，說不認識也不對，因為她認識的是老年的五皇子，而不是現在的五皇子。

片刻後，蘇宜思搖頭。「不認識。我不過是個孤女，怎會認識住在深宮裡的皇子。」

男子聽後，似乎更感興趣了。「既不認識，又為何要幫他說話？」

聽到這個問題，蘇宜思頓了下。她著實沒想到，對方並沒有抓著丫鬟非議皇子的事，反倒是問她關於五皇子的問題。這說明，在他看來，她的態度比剛剛丫鬟在背後非議五皇子要重要，這倒是讓她安心了些。

對方應該是五皇子一系的人，而且能看出寧郡王對他態度不一般。所以，他的身分應該也挺尊貴的，肯定能在五皇子面前說上話。

她要怎麼回答才好呢。

突然，蘇宜思想到了一個主意。她穩了穩神，開口了。「因為府中常常提起五皇子，稱讚五皇子，我聽得多了，便對五皇子產生了崇敬之情。故，覺得那些丫鬟們說得不對，忍不住想要為他辯駁幾句。」

說完，蘇宜思又思量了一下，覺得自己這一番話沒有任何問題。既點明國公府眾人對五皇子的態度，又順便拍了五皇子的馬屁。

她可真的是太機智了。

然而，對方的神情卻變得很是奇怪，那一雙桃花眼，似笑非笑，臉上的神情也說不出信了還是沒信。

這是什麼表情……難道她說錯了什麼？再次思考了一下自己剛剛說過的話，蘇宜思覺得沒毛病，面前的男人為何這般表情。

「哦？國公府的人誇讚五皇子？是如何誇讚的，說來聽聽。」那男子纖細又修長的手指搖著扇子，一副感興趣的模樣。

蘇宜思想，機會來了。

她抬步走回迴廊裡，離那男子更近了一些，讚美的話像是不要錢似的說了出來。

「說五皇子從小就聰慧過人，有勇有謀，文武雙全。脾氣好、性子好、人品好……」說著說著，蘇宜思想到了親切的皇上，語氣也不自覺得更加真切了些。「他平易近人，與人說話時，讓人如沐春風。他非常善良，會於危難之中解救弱小。他有治國——咳咳，他極擅長處理政務，吏治、兵法、農桑樣樣精通……」

衛景原本是當個笑話聽的，可聽著聽著，瞧著面前小姑娘認真的模樣，又覺得哪裡怪怪的。

她說的真的是他？

「這些話都是誰說的？」衛景好奇的問道。

蘇宜思頓了一下，沒回答。

「難不成，是蘇家三郎？」衛景又問。

蘇宜思遲疑了一下，隨後猛地點頭。「對對，就是我三叔說的。我三叔經常在私下誇讚五皇子，說五皇子是所有的皇子中最優秀的一個！」

「哦？是嗎？既然蘇三郎那麼喜歡五皇子，為何日日跟三皇子在一處？哦，對了，妳許是不知，他小時候還跟五皇子打過架。忘了說了，剛剛他還當眾罵了五皇子。」

聽到這些話，蘇宜思感覺眼前發黑。

在見了皇上之後，她就一直懷疑她爹的說辭有問題。如今看來，冰凍三尺非一日之寒，原來她爹年輕時一直在針對五皇子。

在情緒翻湧過後，蘇宜思快速思考補救的話。然而，想著想著，突然發現了不對勁的地方。

所以，這個男人剛剛是在看笑話，戲弄她？

他明知道國公府對五皇子的態度，知道她爹對五皇子的態度，還故意引著她說剛剛那一番話。

蘇宜思抿了抿唇，看向面前的男子，眼神裡升起敵意。

在這一刻，她突然覺得她爹對他的評價也不無道理。

「三叔那是欣賞五皇子才會如此。正是因為欣賞他，所以對他格外嚴苛。」這番話說出來，蘇宜思自己都不信。「怎不見我三叔對別人這樣呢？您說對吧？」

「噗哧！」衛景終是忍不住，笑出了聲。

這小姑娘許是不知，她撒謊的時候，眼睛一直亂動。蘇三郎很讓人討厭，但這個小姑娘倒是有趣得緊。

這一聲笑聲讓蘇宜思尷尬不已，她本想在這個男子面前說說國公府對五皇子的誇讚，表表忠心的，可在被戳破之後，實在是說不下去了。

這男子的笑聲很是爽朗，看起來心情好極了。老天爺可真是不公平，他不僅長得好看，笑起來也這般燦爛。

罷了，既然處境尷尬，謊又圓不回來了，不如就此轉移話題吧。

「你……你笑什麼，難道你不欣賞五皇子嗎？」又不是只有他會往別人身上引話題，她也會。

只見那人搖了搖扇子，點點頭。「欣賞，怎會不欣賞呢？五皇子畢竟是那麼善良的一個人。」

「善良」二字，他咬得尤其重。

蘇宜思卻沒聽出他的反諷，立馬附和。「對吧？我也覺得五皇子是個很善良的人。」

「哦？妳為何認為他善良？」衛景問道。

見對方如她所願轉移話題了，蘇宜思立馬道：「因為他會救人啊。」

「救人？」衛景濃眉微蹙，這小姑娘已經說了數次他救人的事情了。「妳見過？」他自己怎麼都不記得了。

「我當然……」說到一半，蘇宜思頓時卡住了。「沒見過啊，但我覺得他是那麼善良的人，肯定救過人。」

衛景挑了挑眉，他總覺得這小姑娘話裡有話，在隱瞞些什麼。

「旁人不都說五皇子見死不救嗎？比如，不救四皇子。」

衛景這是在說那日在樹林裡聽到的話。

「那些都是傳言，未必是真的！」蘇宜思義正辭嚴的說道。

「怎麼不是真的，這件事情確確實實發生了，我當時就在現場。」衛景懶懶的道。

蘇宜思蹙了蹙眉，道：「說不定……說不定五皇子怕水啊。」

「五皇子去年龍舟賽可是贏了頭名，又怎會怕水？」衛景繼續反駁她。

「那可能……可能……」蘇宜思也不知該說什麼好了。

她抬頭，卻發現對方正在笑，那笑容別有深意。

蘇宜思頓時有些不滿，臉上也帶了些厲色。「你不是五皇子的好朋友嗎？為何老是拆他的臺？即便是五皇子現在不怕水又如何，說不定當時他並不通水性，是後來學會的。他那時候還小，這些事情都說不準的。即便是你親眼見了又當如何？你怎知五皇子沒差他身邊的內侍去找人救人？」

蘇宜思這一通話的語氣可不好。

衛景臉上終於沒有笑了。只是，他也沒動怒，倒是臉上的神色鄭重了幾分。

這麼多年過去了，所有人都認為是他故意捉弄四哥，所以沒救他。沒有一個人為他辯解過，就連他自己也不曾。沒想到這個小姑娘卻這般一遍遍，不厭其煩的，對每一個人辯解。

蘇宜思說完，心裡就痛快了。然而，在看到對方臉上的神情時，又覺得自己剛剛那些話太過了些，連忙找補了一句。「你既是五皇子的朋友，就應該信他才是，莫要再懷疑他了。」

他本就過得孤獨。年輕時身邊沒幾個朋友，老了，身邊也沒人陪他。她希望他能多幾個真心的朋友。

衛景似是在思考什麼，並沒有立即接下這句話。過了片刻，方道：「好。」說完，衛景笑了。這回的笑，比剛剛真誠了幾分，桃花眼也越發耀眼。

蘇宜思長得也不差，日日看著自己這張臉，一般情況下不會再癡迷旁人的臉。可對面這個男子，卻讓她第二次失神了。

這人長得也太好了些。

好看總是比旁人占優勢，蘇宜思也沒剛剛那麼生氣了。

「咳，總之，你能不能別把今日聽到的事情告訴五皇子啊？」蘇宜思開始跟面前的男人打著商量。

男人臉上笑意加深了幾分，點了點頭。「好啊，我不告訴他。」

蘇宜思鬆了一口氣。不知為何，看著這一雙眼睛，她就知道他不會騙她。事情解決了，她渾身輕鬆。

「妳為何那般在意五皇子是否知曉呢？五皇子的風評在京城並不好，即便是五皇子本人聽到了這樣的話，也未必會在意，妳又何必如此呢？」衛景看著蘇宜思的眼睛問道。

那當然是因為他是未來的天子啊！蘇宜思想。

但，除了這一點，還因為皇上是個好人，對她好，還多次救過她，她不想聽到任何人詆毀他，可這些她不能跟旁人說。

「因為我崇拜五皇子呀，所以聽不得旁人說他壞話，也不想他因聽到旁人說他的壞話而傷心。」蘇宜思解釋。

衛景盯著面前的小姑娘看了片刻，笑了，道：「妳莫不是喜歡五皇子？」

聽到這話，蘇宜思立馬鄭重的道：「當然不是。是崇拜，不是喜歡。」

瞧著小姑娘認真解釋的模樣，衛景搖了搖扇子，臉上露出漫不經心的笑。「他有什麼好崇拜的，妳是不是對五皇子有什麼誤解？」

「嗯？」蘇宜思不解。她對五皇子有誤解？沒有啊，是旁人對五皇子有誤解才對。

「妳可知，五皇子常常去青樓。」衛景衝著蘇宜思眨了眨眼。那意思，不言而喻。

蘇宜思自然也聽懂了，她瞪著面前這個露出曖昧笑容的男子，疾聲道：「你這是在詆毀五皇子！」

還這般維護？衛景嘴角一勾。「並沒有哦，妳隨便找個人問問就知道了，他嘛，一個月總要去那麼三、五回的。」

蘇宜思怒火中燒，快要被氣哭了。她倏地一下子從欄杆處站了起來，走到衛景面前，與衛景相隔不到兩步的距離，嚴肅又認真的說：「五皇子是這世間最癡情之人，他絕不可能做這樣的事情，他一定是有不得已的苦衷。」

當了幾十年的皇帝，卻終生未娶，一定是在等什麼人。這樣的人，又怎會是個愛逛青樓之人？他若真的好色，當了皇帝之後，肯定是要廣納後宮的，可他並沒有。甚至於，他後宮一個人都沒有！

衛景本還想說什麼的，可看著面前這一雙眼睛，忽而失言了。

這雙眼睛乾淨、清澈，像是冰雪融化後的春水，充滿了生機與希望。讓人覺得，任何的污言穢語都會玷污了她。

蘇宜思微微瞇了瞇眼，說道：「我聽說你喜歡逛青樓對吧？」

沒等衛景回答，蘇宜思又道：「莫不是你帶壞五皇子的吧？」

衛景失笑。「我帶壞他？」

「對。定是你！你自己有這樣的愛好便罷了，往後能不能別帶著五皇子？五皇子是個善良又純正的人，你別把他帶壞了。」

蘇宜思突然明白過來，為何這個男子長得這麼好看，她卻從小到大都沒聽說過他。定是因為他不是什麼好人，被五皇子處理了。

他活該！

「小丫頭，妳忘了妳剛剛還有求於我嗎？怎麼這會兒說變臉就變臉了？」衛景問道。

經他提醒，蘇宜思終於想起來。然而，話已出口，也收不回來了。

「你愛說說去。總之，像你這樣的人，即便是當面答應了我，怕不是背後也要變卦，我不信你。」說完，蘇宜思不再搭理他，轉身出了迴廊。

衛景卻哈哈大笑。

聽著他的笑聲，蘇宜思更氣了。她剛剛與他多說什麼啊，她爹說得對，這就是個小人，她該見了他就跑的。

「小丫頭，正院的路在假山那側，妳走錯方向了。」

蘇宜思頓了頓。

好像，似乎，剛剛就走的這一邊……罷了，還是往假山那邊走吧。

見蘇宜思短暫的遲疑後終究還是聽了他的話，衛景笑得更開心了。這小姑娘真的是……嗯，太可愛了。

等蘇宜思消失在路的盡頭後，衛景身邊出現一個人，手裡拿著剛剛被丫鬟弄髒的衣裳。

「主子，這身衣裳可還合身？」

「嗯，不錯，挺好看的。」

聽著主子說話的語氣，嚴公公覷了一眼他的神色，問：「主子，您今日似乎很開心？」

衛景搖著扇子，笑著道：「嗯，心情確實不錯。」

「那……那幾個丫鬟？」嚴公公試探的問了一句。

「罷了，饒她們一回吧。」衛景道。

「是。」

蘇宜思走了一段路，終於見著熟悉的景致。剛剛那一處，真的是好生奇怪。她可以肯定定然不是從前的侯府，可周遭卻又是熟悉的。她去過隔壁平南將軍府，到這邊也不是將軍府邸的範圍，倒像是中間空出來的一處位置。

可她沒聽說兩個府邸間有什麼空出來的地方，再者，那一塊地方有什麼好空出來的，又沒什麼貴重的什物，也不是什麼重要的地方。

不過，這個疑惑只存在於心中有那麼一瞬，她就擱置在腦後了。

見著了熟悉的丫鬟，蘇宜思被告知，眾人去了水榭聽戲，她連忙過去。

祖母身邊已經圍滿了人，蘇宜思遲疑了一下，準備找個別的位置坐下。

然而，她剛一出現在水榭，周氏就已經注意到她了。見她沒往這邊走，便停止跟面前的人講話，朝著她招招手。

「思思，快過來。妳這是去了哪裡？怎地好一會兒都沒出現。我讓人去尋妳，也沒找著妳。」周氏擔心的問道：「冷不冷啊，怎麼不加件衣裳？」

蘇宜思心裡暖暖的，道：「多謝祖母擔心，我無礙的。就是剛剛去閣樓那邊瞧了瞧，一下子忘了時辰。」

「妳呀。」周氏笑著點了點她。心想，真的是小孩子心性。

這時，坐在周氏身側金釵環繞的中年婦人說話了。「咦？這是……」

顯然，這位夫人也是見過蘇蘊萱的。

「回公主的話，這是我們族裡來的小姑娘。我與她投緣，便收她做了孫女，往後就是我們府中的正經孫輩姑娘，要在府中長長久久住著的。」

昭陽公主是個人精，一聽這話，立馬就明白過來。她把手上的鐲子拿了下來，戴在蘇宜思的手腕上。

加上這一個，蘇宜思今日已經收了十幾個鐲子了。除了鐲子，還有釵子、步搖等。可面前這個鐲子，收得讓人心裡沈沈的。

蘇嫣手中的真絲帕子已經快被她戳爛了。

這哪裡是為嫡母舉辦的宴席，分明是為那個破落戶準備的，來的貴客人人都送她東西。

嫡母一會兒不見她，就要找人。

嫡母乾脆把今日的宴席改為認親宴算了。

「公主客氣了，我打算年前辦個宴，請大家來熱鬧熱鬧，跟我們家姑娘說說話。」

嫡母竟然真的準備為這個孤女辦宴席……

嗤啦。

蘇嫣手中的帕子被撕爛了。

昭陽公主臉上露出了然的笑容。

族中來的姑娘……身分上確實差了許多。然而，安國公夫人的心病，滿京城誰人不知、誰人不曉，就憑著這姑娘的長相，絕對能受到國公府的優待。

「那敢情好啊，到時候讓容樂也來湊湊熱鬧，夫人可別忘了給我們府下帖子。」

他們這熱鬧自然不是湊給蘇宜思的，而是為了安國公夫人。

周氏臉上的笑意加深。「縣主能來是我們的榮幸，我又怎會忘了給縣主下帖子。」

雖然昭陽公主笑著，對她祖母態度也很是熱情，可蘇宜思還是覺得後背有些涼。

這位公主，往後待她家可是差得很。無視都算是好的，她最愛做的事是挑刺。挑祖母的刺，挑母親的刺。見了他們侯府的人就要讓他們行大禮，折磨他們。蘇宜思只見過她一回，也被她罰跪了一個時辰。

那還是她第一次被人罰跪，回家時都站不起來了。

再次見到昭陽公主，想起舊事，蘇宜思還能感覺到膝蓋似乎隱隱作痛。

一般人家，頂多是踩低捧高。對於他們這些跌落塵埃的人，最多就是無視，不會結仇。昭陽公主之所以這般，也是有緣由的。

而究其原因，正是站在她身側的小姑娘，容樂縣主。

或者說，她還有一個身分，她父親的原配夫人。

按照原本的發展，年後，父親將會與容樂縣主訂親，六月裡二人就會成親。七月，邊境發生動亂，父親去了漠北。這一去，就是五年。

五年後，容樂縣主與人私通被發現。至此，兩家正式決裂。

那時，當時的皇上已經登基，國公府也搖搖欲墜。

昭陽公主絲毫不留情面，打上門來。把女兒通姦一事全怪在父親身上，認為是父親讓她女兒守活寡，才導致了眼下的情況。

雙重打壓下，祖父病了。

父親從漠北回來後，本應被休棄的容樂縣主，與父親和離了。

沒過多久，祖父病逝了，父親丁憂在家。至此，父親再也沒能回到漠北。直到她來到這邊前夕，父親才重新被皇上任職鎮北將軍，即將前往漠北。

「縣主，妳可別忘了來啊。」

耳邊又響起祖母的聲音，這聲音似是有些遙遠，但也把她拉回了現實之中。

周氏與昭陽公主臉上的笑容都別有深意，坐在一旁的辰國公夫人也像是懂了什麼，嘴角帶著淺淺的笑意。

容樂縣主臉上倒是看不出什麼，她站起來，恭敬的說：「容樂聽母親的安排。」

蘇宜思眼神暗了暗。

就是這樣一句話，造成了她與爹爹兩個人的悲劇。

「思思，二姑娘，你們差不多大，坐一起去玩吧。」周氏道。

依著容樂縣主的身分，蘇宜思和蘇嫣都不夠格招待。無奈國公府沒有差不多年紀的姑娘了，作為主家，只能由她們招待。

蘇嫣自是欣喜，親切得把容樂縣主拉到她們那一桌。

這一桌上，已經有幾個家世顯赫的小姑娘了。像是兵部尚書的女兒、晉王的女兒、宣義侯夫人的女兒等等。

因著周氏說了，蘇宜思便跟這些人坐在一起。

坐下後，容樂縣主很自然的把胳膊從蘇嫣手中抽出來。

蘇嫣也沒生氣，臉上的笑容不變，招呼著丫鬟們給各位姑娘上吃食和飲品。

從前，這件事情都是蘇蘊萱在做的，但自從蘇蘊萱死了，這事就是她在做了。她是庶女又如何，即便是庶女，也是國公府唯一的姑娘，身分可比一般的庶女尊貴多了。

莫說一般的庶女，就是小門小戶的嫡女，她也是要比他們尊貴的。

剛剛大家還都對蘇嫣很是熱情，可自從蘇宜思一出現，眾人的目光就挪到了她身上。

蘇宜思又何嘗不在打量眾人。

除了未來的燕王妃，這一桌還有寧郡王未來的夫人、將來大學士的夫人等。而如今，這些人還是未出閣的姑娘，不知自己將來的夫婿會是何人，還在為將來婚嫁一事滿懷期待。

「妳跟萱兒長得可真像。」晉王的女兒玉晴郡主第一個說出眾人心中的想法。

「是啊，真的好像。」其他小姑娘也開口說道。

瞧著眾人的視線放在蘇宜思的身上，蘇嫣眼珠子轉了轉，微微一笑，說：「可不是嗎，思思沒了爹娘，又生活在偏僻的漠北。正是因為長得像姊姊才被三哥接回府中。不過啊，也就是長得像姊姊，氣質是完全不同的，畢竟生活的環境不同。」

蘇嫣先是戳破了蘇宜思的低賤身分，又指出她與蘇蘊萱的不同之處。

這話一出，眾人又盯著蘇宜思看了許久。

一直沈默坐在一旁沒說話的容樂縣主小聲說了一句。「我倒是覺得長得不太像，但氣質很像。」

蘇嫣臉色一僵，尷尬的笑了笑，說：「縣主許是跟姊姊不熟吧？我姊姊可是明亮得像天上的太陽，她……還是不一樣的。」

最後那一眼，暗含鄙夷。

這時，玉晴郡主收回視線，接道：「確實，萱兒明亮得像天上的太陽，但她像月亮。雖氣場不同，但莫名就覺得像。」

蘇嫣本以為玉晴郡主要贊同她的話，沒想到卻是反駁了她，讓她更加尷尬了。

「都是同族人，長得像也是尋常。」蘇嫣道。

玉晴郡主點頭。「對，說起來，其實蘇嫣跟萱兒的眉眼更像一些。」

宣義侯府的姑娘鄭幼蓉，也就是未來的燕王妃道了一句。「可不是嗎，四皇子那日還認錯人了。」她是三年前隨父親回到京城本家，沒見過蘇蘊萱，所以之前她一直沒插話，這會兒終於說到她能插得上話的事了。

只是這話很不合時宜，大家都沈默了。

眾人皆知，四皇子喜歡蘇蘊萱。蘇蘊萱去世後，一直鬱鬱寡歡，與酒相伴。那日宣義侯府有喜宴，四皇子飲了酒，錯把蘇嫣當成了蘇蘊萱。

沒有人想成為別人的替代品，蘇嫣也不例外。

她的臉頓時脹紅了。

蘇宜思不知裡面有這一層關係，她只知她這位小姑姑將來會成為四皇子，也就是簡王的側妃，卻不知四皇子喜歡的人原來是另一位姑姑。

也不知當年小姑姑成為側妃的心情如何。

衛玉晴雖然瞧不上蘇嫣，平日裡也沒跟她說過幾句話，但這畢竟是在國公府，總不能不給主家面子，便開口替她解圍了。

「咳，妳叫什麼名字，平日裡都喜歡做什麼？」衛玉晴看著蘇宜思問道。因著她跟好友長得像，所以莫名對她多了一絲好感。

「我叫蘇宜思，平日裡喜歡看書、畫畫。」

衛玉晴想，她跟好友的確不是一類人，她那個好朋友，最喜歡騎射，討厭女兒家的那些事。

又問了蘇宜思幾句，眾人便聊起旁的事情了。

晉王是皇上的弟弟，很受信任，玉晴郡主自然是如眾星拱月一般。在座的小姑娘們都湊過去跟她說話，順著她的話題往後說。還有些極力想要擠進去說話，卻總是不得法的，比如蘇嫣，再比如鄭幼蓉。

別人不問，蘇宜思也不插話。

和她一樣的，還有容樂縣主。

蘇宜思正喝著茶，聽著不遠處的戲，只聽到容樂縣主在她耳邊低聲說道：「我也喜歡畫畫。」

蘇宜思看了她一眼。這是父親的原配夫人，作為父親第二任妻子生的孩子，她應該不喜歡容樂才對。可不知為何，她對這位縣主觀感還挺好的。

不論是她安靜的性子，還是她剛剛為自己解圍的話；抑或是，因為她與父親和離後，爭取幸福的所作所為。

只是，蘇宜思希望，這一回容樂縣主能早些爭取自己的幸福。

或許，爹娘的親事，她也可以從容樂縣主這邊努力一下？這般一想，蘇宜思便生了與容樂縣主交好的想法。

「我喜歡畫人物。」蘇宜思道。

「我喜歡畫花草山水。」容樂縣主道。

兩個人湊在一起說了些與畫畫有關的事情。

不多時，外院管事過來傳話了。「老夫人，諸位皇子來探望您了。」

諸位皇子其實早就來了，周氏也知曉這件事情。只不過，之前她一直在內宅中，女眷又比較多，不方便見，所以皇子們在外院玩了一會兒。這會兒眾人挪到水榭中來了，倒是可以來見了。

管事們連忙讓唱戲的停了，引著諸位皇子過來。能讓幾位皇子親自來府中探望，這等殊榮也就只有安國公府才有了。

瞧著幾位皇子過來了，眾人連忙站起身來候著。

小姑娘們，尤其是沒見過幾位皇子的小姑娘，自是春心蕩漾。

蘇宜思也是其中之一，她真的好想看看年輕時的五皇子長什麼樣子。

蘇嫣連忙低頭整理了一下自己的衣裳，待整理完，抬頭望去時，卻發現蘇宜思也是一臉期待的模樣。瞧著她這副模樣，再想到四皇子……她的心情複雜起來。

趁著眾人不注意，蘇嫣在蘇宜思耳側道：「妳不過是個孤女罷了，難不成還妄想嫁給皇子？妳配嗎？」

蘇宜思絲毫沒有被羞辱的感覺，她眨眨眼，輕聲道：「我不配，難道姑姑就配了？」

蘇嫣握了握拳，一口銀牙都要咬碎了，看向蘇宜思的眼神多了幾分凌厲。

四皇子的母妃賢妃娘娘一直都想讓蘇蘊萱嫁給四皇子，即便是蘇蘊萱死了，賢妃也從未看得上蘇嫣。

將來不還是只做了側妃。

蘇宜思笑了笑，沒再搭理她，轉頭看向了皇子們的方向。

看著蘇宜思姣好的面容，纖細的身段，蘇嫣不得不承認，自己內心嫉妒得不行。她沒多想，手就伸到蘇宜思腰間，用力一推，把蘇宜思推了出去。

蘇宜思一時不察，摔倒在地上。

而在她面前的，是一雙黑色的皂靴。

第十一章

「啊！」蘇嫣驚呼一聲，隨後道：「宜思，妳怎麼這麼不小心，有沒有摔到哪裡？快起來。」說著，一臉關切的模樣，俯下身子來扶蘇宜思。

蘇宜思看著放在自己面前的這雙手，又看向了手的主人。

剛剛有人推她，這一點是可以肯定的。離她最近的，一個是蘇嫣，一個是衛玉晴，還有一個是容樂縣主。

她跟玉晴郡主和容樂縣主都是初識，剛剛也並未得罪她們，她們沒理由在宴席上讓她出醜。而且，這裡可是安國公府，如今的國公府是朝中炙手可熱的府邸，她們犯不著為了整她而讓國公府沒臉，得罪國公府。

所以，剩下的那個人就是蘇嫣了。推倒她，害她出醜，然後自己再出來表現？

這舉動未免也太低級了些。

蘇宜思沒搭理蘇嫣，而是調整好姿勢，正兒八經的跪好，朝著皇子的方向拜了一下。隨後，看向已經站起來，一臉關心的周氏，笑著說：「皇子們威儀甚重，思兒沒見過什麼世面，看到就忍不住跪拜了，還望祖母莫要責怪。」

這跪拜的姿勢得體，說的話更是得體。

宴席上的賓客本是看蘇宜思這樣，覺得她從窮鄉僻壤來的，太過冒失。再瞧著她後面補救的措施，又忍不住點了點頭。這姑娘雖說是出身普通，可行為舉止卻有大家風範，怪不得能得到國公夫人的賞識，不由得高看了她一眼。

因著早前周氏身子不適，所以整個宴席都是吳氏準備的，如今看出了岔子，吳氏整顆心都提了起來，又見蘇宜思化解了尷尬，頓時鬆了一口氣。

周氏遠遠看了看蘇宜思，見她似是無礙，便放心了。

這時，一旁的嬤嬤附在她耳邊說了句什麼。周氏看向站在蘇宜思身後的蘇嫣，眼神變得銳利。

當真是上不得檯面的東西，盡搞些小手段。姨娘養出來的東西就是不識大體，不知他們國公府一榮俱榮，一損俱損這種簡單的道理，好在……有識大體的。

周氏看向了蘇宜思，眼裡滿是心疼和賞識。

「好孩子，祖母又怎會怪妳，皇子們身分尊貴，妳又是初見，是該給他們磕個頭。」周氏笑著說道，說完，看向走過來的幾位皇子。

三皇子率先走了過來，笑容溫文爾雅。「國公府果然禮數周全，不過，思姑娘以後無須行此大禮。我跟阿德、阿武從小一起玩，對我如同待他們一般，執個晚輩禮便好。」

說罷，抬手虛扶了一下蘇宜思。

蘇嫣震驚得看向三皇子。為什麼向來極少正眼看她的三皇子，竟對這個孤女這般客氣。憑什麼啊！她才是國公府正經的姑娘。

「是。」蘇宜思順勢站起身來。

只見她從容不迫的整理了一下衣裳，朝著皇子們福了福身。「見過幾位皇子。」

這等尷尬的局面還不忘整理好自己的衣裳，果然從容。

至此，這件事情算是結束了。蘇宜思不是今日的主角，也無意爭鋒，便邁著碎步往後退了兩步，準備退回人群中去。

「萱兒……」一個聲音忽而響了起來。

蘇宜思微微一怔，抬頭看了過去。

這是一張年輕又陌生的臉，只是不知，這是幾皇子。看這位皇子時，蘇宜思不著痕跡的看了看其他幾位皇子。

聽剛剛那個風流男子說過，今日五皇子也來到府中。可看這幾位的樣貌，似是都跟她認識的皇上不太像。不過，皇上當時留了鬍鬚，又病了許久，說不定相貌跟年輕時不一樣。

其中有一位倒是有些像……可那氣質又不太符合，看起來有幾分憨厚。

「萱兒，真的是妳嗎？」那位皇子上前兩步，朝著蘇宜思走了過來，滿臉激動。

蘇宜思可以確定了，這位定然是四皇子。

她連忙後退了兩步。

蘇嫣最不想看到的一幕還是發生了，她連忙往前跨了兩步，擋在蘇宜思前面。

「嫣兒見過四皇子。」

「嗯，是妳啊。」四皇子有幾分不耐煩，雖沒再往前走，但視線還是看向站在蘇嫣身後那個垂著頭的小姑娘。

「這位是蘇家從漠北族中來的姑娘，無父無母，三哥才把她帶回府中。」蘇嫣又點了一遍蘇宜思那「可憐」的身世。

聽到這番話，四皇子清醒了幾分。「哦，這樣啊。」

三皇子也適時的站了出來，低聲提醒。「四弟，咱們今日是來看國公夫人的。」

四皇子這才意識到自己剛剛做了什麼，連忙正了正神色，小聲道：「多謝三哥提醒。」

隨後，幾位皇子去跟周氏說了會兒話，其他人也像是忘記了剛剛的那一幕般，笑著聊了起來。

聽著他們的對話，蘇宜思才知道五皇子並沒有在其中。那位跟皇上有些相像的人是六皇子，也就是後來的燕王。

蘇宜思有些失望，眼睛從眾位皇子身上挪開了。

之前便也罷了，如今聽說他來了，卻沒見著，她心中突然有些失落。

她忽然想見皇上了。也不知他年輕時是何等模樣，什麼樣的性子，是不是跟老年的時候一樣。若是見了她，是不是還會跟當時一樣親切。想了片刻，她覺得，應該差不多吧，人的性格總不會變化太多。

他一定是個溫和儒雅，待人寬厚的人，嘴角時不時浮現笑容。

這般一想，蘇宜思嘴角也不自覺流露出笑意。

蘇嫣一直盯著蘇宜思的一舉一動。瞧著她一直盯著皇子那邊看，就很生氣，待看到她嘴角得意的笑時，就更憤怒了。

一個破落戶，竟然想跟她搶不成？也不看看自己的身分。

玉晴郡主看著蘇嫣的神情，站得離她遠了些。心想怪不得萱兒不喜歡她這個妹妹，從前還不覺得，如今卻覺得丟人得緊。身為世家貴族之女，只顧著自己那些小女兒家的心事，絲毫不把家族利益放在心頭，當真是讓人瞧不起。

四皇子雖然聽了三皇子的話，但他的目光卻始終不時看向蘇宜思。

隨著戲臺上的劇目落幕，午飯結束後，眾人便陸陸續續離開了。一直到眾人離開，蘇宜思都沒能見著五皇子，心中自是萬分失落。

五皇子尚未開府，仍舊在宮中住著，也不知她何時才能見著他。

周氏在宴席上曾跟人說要給蘇宜思辦一場宴席，既然話說出口了，自然是要實踐的。此舉遭到蘇宜思的反對，她不想祖母特地為她辦一場宴席，她也不需要。

但，這個提議被周氏駁回了。這本不是什麼難辦的事，不過是把幾個小姑娘聚在一起罷了，而且，周氏是真的喜歡蘇宜思。

最終，周氏沒以介紹蘇宜思的名頭，而是以賞雪宴為由，叫了幾個小姑娘來府中。

蘇嫣心中的憤恨自是不必提，只可惜，沒人聽得到。因為那日在宴席上的表現，蘇嫣被周氏禁足了，年前都不許她出來應酬。

相熟的人家都知曉周氏一直不喜這個庶女，便沒過問。有那不識趣的過來問，周氏便以她身體不適，感染了風寒為藉口。

眨眼間，臘月過半，新的一年即將來臨。

馬上就要過年了，小兒子終於回到身邊，府中又來了個知冷暖的投緣小輩，周氏本應開心才對。然而，她最近實在是煩得很。

究其根源，還在自己的小兒子身上。

那日宴席之上，她相看了不少姑娘，想與她家結親的人不在少數。

自古以來，父母之命、媒妁之言。兒子的親事，本應她與丈夫做主。可五年前，他們剛想給兒子訂親，結果兒子第二日就收拾好行囊，偷偷去了漠北，這訂親的事也就不了了之。

兒子這一走，就是五年。

周氏這次本想著綁了兒子，狠下心來直接押著兒子訂親，可一想到兒子那倔脾氣，不讓他自己點頭，不知又要鬧出什麼事來。

不僅她有這個想法，相看的女方也有同樣想法。畢竟，五年前的事，京城中的人也早有耳聞，萬一蘇顯武又跟五年前一樣，訂親前跑了，他們家女兒可如何嫁？他們都是在京城中有頭有臉的人，丟不起這個人。

自從上次宴席結束，周氏已經給兒子安排了三、四回了。可兒子不是從家裡跑了，就是半道兒跑了，就沒老實一回，害得周氏次次要與對方道歉。

這一次，周氏說什麼都得讓兒子去相看姑娘家去，可不能再出什麼岔子了。

周氏正想著法子，這時，蘇宜思端著一盅湯過來了。

「祖母，這是思兒給您熬的湯，您嚐一嚐，合不合胃口。」

見著蘇宜思，周氏臉上終於有了笑意。「妳這孩子，怎還親自動手了？讓下人們去做就是了。」

蘇宜思沒少給周氏熬湯，而周氏在生病時，也最喜歡喝她熬的湯。

「我最瞭解祖母的口味了，他們沒我熬的好。」說這話時，蘇宜思一臉驕傲。

周氏被逗笑了，接過蘇宜思手中的湯，拿起勺子喝了一口。
「嗯，不錯，味道好極了，妳的手真巧。」
蘇宜思眼珠子轉了轉，自然的說道：「都是三叔告訴我的，回京城的路上，三叔把祖母的喜好全都與我說了一遍。」
「他？」周氏冷哼一聲。「他若是有妳一半懂事就好了。」
蘇宜思緩緩道：「我覺得三叔挺好的，守衛漠北，驍勇善戰。」
「妳三叔這些沒得說，只一點，他對自己的親事太不上心了，都二十幾歲的人了，轉眼就要到三十了。別說孩子了，連個親事都沒定。」周氏越說越氣，最後忍不住長長嘆了一口氣。
蘇宜思連忙安慰了一番，又道：「祖母不是讓三叔相看姑娘了嗎，難不成不合適？」
一提起這些，周氏就來氣，把蘇顯武最近的所作所為說了一遍。
蘇宜思越聽越心虛，下意識絞了絞帕子。心想，若是祖母知曉這些事背後也有她的參與，不知是不是會更加生氣。
這些日子，她一直幫著爹爹逃避相親。同時，也在爹爹耳邊說著娘親的事，讓爹爹對娘親改觀。
「今兒不管說什麼，他都得跟我去梨園聽戲。」

蘇宜思想，還好她今日過來打探消息，不然爹爹今日就等著去相親了。
「祖母打算如何做？」蘇宜思問。
「我剛剛已經想好了，今日就找兩個小廝與他同坐一輛馬車，全程盯著他，我看他這回可怎麼跑！」
蘇宜思抿了抿唇，思索了片刻，道：「三叔那麼厲害，小廝……會不會……會不會不敢盯著三叔？」
周氏琢磨了一下，點點頭。「妳說得有道理。他們還真可能不敢。只是，讓誰去呢？德兒倒是可以，可惜今日有事不在府中。管家的話……」
蘇宜思覷了一眼周氏的神色，道：「祖母，不如我去盯著三叔吧。」
周氏先是一怔，馬上笑著道：「這主意不錯，妳三叔跟妳關係好，他定會聽妳的話。」
蘇宜思笑了。不過，笑容多少有些心虛。
等周氏喝完湯，一行人便去了前院車馬處。
看著被五花大綁嘴裡不停罵人的爹爹，蘇宜思覺得這樣子與她記憶中穩重的爹爹真的是差了許多，她都快要想不起自家儒雅的爹爹長什麼樣子了。
周氏瞧著兒子的樣子，火氣又上來了，怒斥。「你不用鬧騰，今兒你不去也得去，你不走我就讓人抬著你走。」

蘇顯武本想再說些什麼的，在看到蘇宜思時，閉了嘴。

很快，蘇顯武上了馬車，緊接著，蘇宜思也上來了。

蘇顯武頓時眼睛一亮，激動的說：「還好是妳，要是妳祖母真的讓兩個小廝上來，那就真的跑不了了。」

聽著蘇顯武的話，蘇宜思慢慢給他解開綁在身上的繩子。

「乖女兒。」蘇顯武由衷的說：「今日我與朋友有約，一會兒到了前面路口，我跳車逃跑。回頭妳祖母問起，就說是我逼著妳把我放了就行。聽到沒？」

蘇宜思點頭。「好，爹爹一切小心。」

蘇顯武心道，還是生個女兒好，貼心。若不是這個乖女兒，他不知要去相看多少個姑娘了。

瞧著馬上到巷子口了，蘇顯武準備悄悄逃跑了。然而，起身之際，瞧著乖巧懂事的蘇宜思，又猶豫了。

他若是跑了，解決了眼下的麻煩。可是，這小騙子在京城無依無靠的，沒什麼根基。若是母親真的怪起來，她該如何自處？更有甚者，若是母親發現一直以來都是小騙子在幫他，往後在府中可就艱難了，他這不是害了她嗎？

眼見著馬車要拐彎了，車子的速度也慢下來，蘇顯武下定決心。他直接把蘇宜思扛在肩上，趁著車速最慢時，帶著她一起跳下馬車。

蘇宜思還沒反應過來，只覺得天旋地轉間，整個人又安穩落到了地上。

瞧著她眼中的疑惑，蘇顯武解釋。「妳同我一起去吧，屆時就說我綁了妳。」

蘇宜思瞪大了眼睛，頓了頓，道：「可祖母那邊……」

「怕什麼，有我在呢。」

蘇宜思笑了。是啊，萬事都有爹爹在。

「妳不是不會騎馬嗎？走，去京郊，爹爹教妳騎馬。」

蘇宜思眼睛瞬間亮了。

蘇顯武雖然早早為自己準備好了馬，但蘇宜思不會騎馬，他們二人同乘一騎也不合適，便又為她找了輛馬車。

不多時，二人來到了京郊。

遠遠的，就聽到了不遠處熱熱鬧鬧的聲音。

「阿武，我還以為你不來了呢，沒想到竟然能等到你。」一個年輕男子的聲音在外頭響了起來。

「這等熱鬧怎能少了我？」蘇顯武道。

「元青那邊已經開始比試了，走，咱們看看去。」

「好……嗯，不行，稍等。」蘇顯武剛準備答應，就想到了剛剛答應了蘇宜思什麼。

這時，蘇宜思從馬車裡出來了。她看到坐在馬上意氣風發的爹爹，也看到了他臉上的遲疑。

「三叔你去比試吧，不用管我，我自己隨處走走就好。」蘇宜思貼心的說道。

爹爹應該很喜歡騎馬，而往後，他幾乎不再碰馬了，她希望爹爹能開心。

蘇顯武在馬上遲疑了片刻，道：「這樣吧，我讓馬場的師傅先教妳一些基礎的，等妳學會了我再過來教妳其他的。」

「好。」

說著，蘇顯武把馬場的師傅叫了過來。仔細交代了一番，這才離開。

師傅教得很是仔細，一點一點教給蘇宜思。

蘇宜思許是得到了蘇顯武的真傳，對於騎馬一事竟是學得很快，很多東西一點就通。這一點，就連她自己也沒想到。

本以為學習騎馬是件非常困難的事情，沒想到這麼簡單就學會了。

剛學會了一點兒，她便想著騎上一騎了。

然而，她剛剛學會沒多久，對於如何控制馬，並不嫻熟。韁繩握得過於緊，馬兒不舒服的亂動起來，漸漸脫離師傅的掌控。

蘇宜思看著身下亂動的馬，嚇得心怦怦直跳。不管她怎麼做，馬兒都不聽話，而且越跑越快。

蘇宜思心中突然升起不好的預感。心想，她這輩子不會就這麼交代在這裡了吧。她才剛來，還沒有撮合爹娘，沒有改變家族的命運，也沒有見到皇上啊。

她還不想死，也不想回去。

馬兒越跑越快，蘇宜思反射性緊緊握住韁繩，如同抓住最後一根救命稻草。最後，她害怕得閉上了眼睛。

然而，就在這時，她突然感覺身後多了一人，手上也多了一絲溫熱的觸感。

隨之而來，一個略帶笑意的調侃聲音響了起來。「小丫頭，放鬆點，馬都快被妳勒死了。」

蘇宜思連忙鬆開了韁繩，回頭望了過去。

瞧著這張絕美的臉，她的心開始怦怦怦不受控制的跳動起來。

這一刻，蘇宜思腦海中只有一個想法。

這世上，怎會有人長得這麼好看，即便離得這麼近，依舊找不出什麼缺點。眼眸深邃，鼻梁高挺，薄唇緊抿，下頜線條流暢，只覺得比遠觀更好看了些。

女媧當初是怎麼造出這麼完美的人。

短短片刻，衛景就把身下的馬兒馴服了。馬兒不再躁動不安，緩慢跑了起來。

這時，他發現小丫頭一直盯著他看。衛景嘴角微微勾起一絲弧度，笑著問：「怎麼，不是喜歡五皇子嗎？打算移情別戀了？是不是發現我比五皇子更好，想要喜歡我了？」

這一連串的問題拋向蘇宜思，同時，也砸碎蘇宜思剛剛在心中建立起來的美好的形象。

「你可真自戀，我何時喜歡你了？」蘇宜思話沒過腦子的反駁。

說完，臉色一紅，連忙轉過頭去。

她剛剛一定是太害怕了，所以才覺得這個紈袴男形象好看又高大。

這一開口，就知道他是個什麼樣的人了。

待她冷靜下來，這才發現，馬兒居然已經安穩下來。

看來，他也不像想像中那麼紈袴，還是有些本事的。轉而一想，也對，他既然能在五皇子身邊，被五皇子看上，定然是有過人的本事，她應該相信皇上的眼光。

瞧著蘇宜思臉上的神色，衛景道：「哪有妳這樣騎馬的？連最基本的控制馬兒都不會，就想著自己騎了？小丫頭，心急吃不了熱豆腐。」

被人戳中心思，蘇宜思更尷尬了，抿著唇不講話。

衛景似乎也沒想得到蘇宜思的答案，自顧自說道：「今日左右無事，不如我教妳如何？」

這語氣，帶著三分隨意，七分高傲。

蘇宜思想也不想的拒絕了。「不用。你下去。」

她又不是沒人教，哪裡就需要他了。

「妳確定？」衛景挑了挑眉。

「確定。」蘇宜思答得肯定。

衛景嘴角露出一絲笑。他好不容易熱心一回，竟然被人拒絕了？那怎麼能行。

「小丫頭，妳這是過河拆橋啊，我剛剛可是救了妳。」

對方說的是事實，蘇宜思抿了抿唇，沒說話。

「真的是沒良心。」衛景評價。

說著，衛景一拉韁繩，馬兒停了下來。隨後，他動作索利的從馬上下去了。

身後的熱度驟然消失，這會兒馬上只剩下蘇宜思一人。回首望去，剛剛教她騎馬的師傅已不知去了哪裡，這裡偏僻，只剩下他們二人。

當下，蘇宜思感覺到尷尬。

她該……如何下去？

衛景似是早就知道會是這樣的情形，瞥了她一眼，不帶任何留戀，轉身離開了。

看著身下的馬，蘇宜思頓時有些慌了。她拉起韁繩，可剛剛動了一下，馬兒似乎又察覺到了什麼，開始躁動不安。

蘇宜思嚇得立刻放下轠繩。

可放下轠繩，手中就沒了能拿著的東西，控制不了馬兒，她的心頭更加不安。剛剛才因為失誤，把馬兒弄得癲狂了，這會兒卻動也不敢動一下了。

她該如何辦才好？

瞧著剛剛那男子越走越遠，蘇宜思猶豫了很久，決定抓著這根救命稻草。

可一張嘴，她才發現自己並不知對方叫什麼名字，又是何身分。

「那個……公子……喂！」蘇宜思叫了幾聲，對方都沒什麼反應，最後，只好不顧禮儀喚了他一聲。

衛景停下了腳步，回頭望了過去，嘴角始終帶著笑。「姑娘叫誰呢？」

蘇宜思能屈能伸，先把眼前一關過過去。「這位公子，能不能麻煩你，帶我回剛剛那個地方。」

衛景搖著摺扇，桃花眼裡藏著漫不經心。「哦？那剛剛是誰趕我走的？」

蘇宜思有些尷尬。「抱歉，我剛剛說錯話了，能不能請公子原諒我？」

「就這麼簡單？」衛景問。

蘇宜思也知道自己剛剛做得不對，有些無禮，而現在她又有求於對方。她咬了咬唇，下定決心。「你說怎麼辦？」

看著小丫頭委屈又為難的模樣，衛景心情大好。「行吧，今日我心情好，就原諒妳這一回。」

蘇宜思鬆了一口氣。

「不過，妳可得記得今日我幫了妳一回。」衛景又補充了一句。

「公子大恩，莫不敢忘。」

衛景再次笑了。

這小丫頭可真有意思。那日罵他的時候氣勢洶洶的，剛剛也對他不假辭色，這會兒卻乖順得像一隻小貓，讓人忍不住想要摸一摸她的頭。

這麼想著，衛景也這麼做了。

察覺到有人摸自己的頭髮，蘇宜思大驚失色，回頭看了過去。

只見對方笑得開心，溫聲道：「小丫頭，抓緊了轠繩，仔細掉下去了。」

話音剛落，在蘇宜思沒反應過來之前，衛景就抓住轠繩，一夾馬腹，馬兒快速朝前跑了起來。

蘇宜思驚呼出聲。而她的驚呼聲，消散在風裡。

和她的驚呼聲一起消散在風裡的，還有衛景爽朗的笑聲。

等蘇宜思收回來丟掉的魂，才發現他們現在去的方向不是剛剛來的方向，而是相反的方向。

他這是要帶她去哪裡？蘇宜思突然有些害怕。

「停，停下來，方向不對。」蘇宜思大聲喊道。

衛景卻絲毫沒有停下來的意思，反倒靠近她，在她耳邊道：「小丫頭，再快一些如何？妳可要抓緊了。」

溫熱的氣息噴在臉上，蘇宜思緊張極了。

她張了張口想說什麼，話還沒說出口，就覺得馬兒跑得更快了，她什麼都來不及想，連忙閉上眼，抓緊轠繩。

她害怕極了。可是跑著跑著，不知為何，就突然沒那麼怕了。而且，心中竟然還感覺到一絲快樂。慢慢的，她試著睜開眼睛，看向前方。

周遭的風景都在退後，而她在快速向前。

寒冬凜冽的風呼嘯而過，颳在臉上生疼，可她卻絲毫不覺得疼，只覺得暢快。

這就是在馬兒上馳騁的感覺嗎？怪不得爹爹喜歡這樣的感覺，她也很喜歡，這是一種自在的感覺。她感覺自己身上變得非常輕，彷彿所有的煩惱在這一刻都忘記了。

眼前是一大片草地，不遠處是連綿起伏的群山，滿眼的綠色。

大冬天的，她在府中抬頭看到的是一方窄窄的天地，天色也是灰濛濛的。京城中也到處是灰白的暗色調，幾乎沒有生氣。

這裡反倒讓人感覺到了希望，而她也在擁抱希望。

不知從何時起，蘇宜思臉上的害怕漸漸轉變為了喜悅，眼睛漸漸彎了起來，變成了月牙狀，嘴角也帶著一絲淺淺的笑意，梨渦若有似無。

瞧著小姑娘笑了，衛景也笑了。他就知道，這小丫頭不像京城裡其他的姑娘。

瞧著小丫頭開心，他又帶著她在此處遛了好幾圈。

過了許久，衛景終於停下來，馬兒慢慢的朝前走著。等馬兒停下來時，衛景翻身從馬上下來，同時朝著蘇宜思伸出一隻手。

蘇宜思臉上的笑意還沒收回來，看著面前大掌，微微一怔。

衛景又往前伸了伸。「怎麼，沒坐夠，還想在馬上待一會兒？」

蘇宜思抿了抿唇，她確實還想再待一會兒，不過，坐了這麼久，又有些不舒服。

「剛開始騎馬，最好不要騎那麼久，否則身體不舒服。」衛景道。

蘇宜思眼眸微微睜大了些，不可置信的看著面前的人。這人是有讀心術嗎？怎麼她想什麼他都知道。

衛景像是沒看出蘇宜思的想法似的，手再次朝前伸了伸。

看著這一隻修長的手，蘇宜思遲疑了一下，終還是把自己的小手放入了這人手中。

兩隻手握在一起的瞬間，蘇宜思感覺有一種酥麻的感覺從手掌傳入了四肢百骸，心頭也忽而一跳。這人的手看著修長纖細，卻格外有力。

等穩下來時，她立馬把手從對方的手中抽出來。

衛景也沒說什麼，拿出摺扇，又搖了起來，隨意的跟蘇宜思聊著天。「聽說漠北的姑娘個個都能騎馬打仗，怎地妳從小在漠北長大，連馬都不會騎？」

聽到這話，蘇宜思微微一怔。

聽著不遠處傳來的叫好聲，蘇宜思朝著那個方向看了一眼，道：「京城的好兒郎都擅長打馬球、騎馬，怎麼，你技術太差，連比都不敢比？」

衛景挑了挑眉，看向蘇宜思，似笑非笑。

這小丫頭，怎麼這般嘴尖舌巧。

衛景搖了搖扇子，微微垂頭，離得蘇宜思近了些，低聲道：「小丫頭，原來打馬球那日妳就注意到我了？」

看著在眼前放大的這一張俊臉，蘇宜思呼吸一滯，她剛想後退，又覺得這樣就輸了，便克制住了。她調整好呼吸，看著這一雙近在咫尺的桃花眼，平靜的道：「哦，原來你也看到我了，莫不是喜歡上我了？」

衛景似是沒料到蘇宜思會說出這樣的話。先是一怔，隨後，朗聲大笑。

那笑聲，驚動了林子裡的鳥兒。

蘇宜思不過是按照衛景的話把他懟回去罷了，然而，隨著衛景笑聲增大，她覺得有些尷尬。對方長得這麼好看，瞧著衣著，身分也不低，又怎會平白無故看上她。

剛剛那話實在是孟浪了。

正反思間，卻聽身側的男子笑聲止住了，看著她，認真的問了一句。「若我果真看上妳了，妳待如何？」

蘇宜思心頭一跳，突然想起爹爹對他的評價。

眠花宿柳，紈袴。

「登徒子！」

聽到這個評價，衛景微微瞇了瞇眼睛，臉漸漸靠近蘇宜思。正欲說些什麼，臉上的神情忽然一變。

蘇宜思有些詫異，剛要開口，只見男子伸出食指放在嘴邊，示意她不要出聲。隨後，抓著她的手腕，二人躲到一棵樹後。

男子身上的氣息和溫度如同剛剛騎馬時一般，再次傳遞到她的身上，這讓蘇宜思有些不知所措。這樣做，不合適吧？剛剛是在騎馬，現在卻不是，地方寬敞得很。

蘇宜思正想問為什麼，就見著不遠處來了兩個人。

一個人坐在馬上，另一人牽著馬。

而這兩人，正是她爹爹將來的原配容樂縣主……以及她身邊的侍衛。

衛景看清楚來人，鬆了一口氣，這二人並不是什麼重要的人，無須躲避。他正要向身側的人解釋，卻見小丫頭滿眼發光的看著來人，手指緊緊扣著樹皮，一臉……嗯，怎麼說呢，像是餓了三日的小貓看到了魚的那種神情。

怪可愛的。

第十二章

蘇宜思緊緊盯著不遠處的一男一女一馬。

容樂縣主坐在馬上，一臉笑意的看著她身側的侍衛，那笑容，是她之前不曾見過的。而那侍衛，滿臉嚴肅，小心翼翼的握著手中的韁繩，牽著馬。

「停下來！」容樂縣主突然道。

侍衛停下腳步，看向坐在馬上的容樂縣主。

「雲台，我是讓你教我騎馬，不是讓你給我牽馬！」

「屬下正是在教縣主騎馬。」

「有你這麼教的嗎？按照你這法子，我怕是這輩子也學不會了。」

「屬下失職，請縣主責罰。」雲台一撩下襬，跪在地上。

容樂縣主臉上的笑容頓時不見了，一臉怒意的看著跪在地上的侍衛。「動不動就跪，我是怎麼跟你說的，沒人時不要跪我，不要叫我縣主。」

「尊卑有別，屬下不能僭越。」雲台冷聲道。

「尊卑尊卑尊卑……你腦子裡全都是這些東西。小時候明明咱們一起玩的，你也沒說過這樣的話。」容樂縣主越發氣了。

「那時是屬下不懂事，唐突了縣主。」雲台解釋。

「你！」容樂縣主氣得不知說什麼好了，憤怒的指著面前的人。「你愛跪就跪吧！」說完，容樂縣主牽起韁繩，笨拙的掉轉馬頭。

她本想讓馬兒往前跑，可卻不得法，就這般弄了一會兒，越發生氣，索性拿起鞭子抽了一下，馬兒吃痛，嘶叫一聲，朝前跑去。

原本跪在地上的雲台頓時慌了，連忙追了過去。追了幾步，眼睛瞥向了一旁正在悠閒吃草的馬兒，翻身上馬，朝著容樂縣主消失的方向去了。

蘇宜思看著二人消失的方向，抓住了一旁的人的衣裳，緊張的問：「你說，他能追上容樂縣主嗎？」

衛景看了一眼面前的小手，他今日穿了一件玄色的衣裳，這小手本就細嫩，放在玄色衣裳上越發顯得白皙。

等身前的人回頭再次問了一遍時，衛景收回視線，抬頭看向不遠處。

「能。」

得到肯定的答覆，蘇宜思頓時鬆了一口氣。隨後，臉上緊張的神色不見了，取而代之的是愉悅的神情。那笑容，很是真誠。

「妳為何這般關心容樂縣主？」衛景好奇的問。

從剛剛看到容樂縣主開始，衛景就察覺到面前的小丫頭對她的關注，這會兒就更加明顯了。這種關心，不像是普通的關心，倒像是……她當初對五皇子的那種關注一般。

這容樂縣主，似乎也沒什麼特別之處。

蘇宜思心情大好，笑著解釋。「因為我們是朋友呀。」

「朋友？妳剛來京城沒多久，就交到朋友了？」衛景臉上露出狐疑的神色。

蘇宜思想了想，道：「啊，也不算是朋友吧，只不過是見過兩面罷了。人家畢竟是縣主嘛，我就是國公府族裡的姑娘，是我高攀了。」

聽到這個解釋衛景微微蹙眉。

蘇宜思倒沒覺得自己可憐，她的視線又看向不遠處。雖然離得遠，但她還是能隱約看到一些。

「你快看，是不是追上了，是不是？」蘇宜思激動的問。

衛景順著她的視線看了過去，點頭。「嗯，追上了。」

「你看得到？」

「看得到。」

蘇宜思有點嫉妒了。她眼力好得很，可畢竟離得太遠了，她看不太清楚，面前這人許是習武之人，看得遠？

罷了，她看不見就看不見吧，有能看到的人就行。

「那邊是什麼情況？」蘇宜思又問。

衛景垂眸看向了她。

「快說呀。」蘇宜思一臉好奇的催促。

「那侍衛正跟容樂縣主同乘一騎。」

這話一出，蘇宜思驚呼出聲。「啊，真的嗎，真的嗎？你沒看錯？你真的能看到？」

懷疑他還問他做什麼。

瞧著衛景無語的神情，蘇宜思頓覺自己剛剛那番話說得不太好，尷尬的笑了笑。

若說一開始她還有些懷疑是不是自己判斷失誤，剛剛聽到侍衛和容樂縣主的對話，便肯定了。

這個侍衛，就是容樂縣主未來的夫君，也是她與家族抗爭之後，失去縣主的封號，用榮華富貴換來的幸福。

這事一直傳得沸沸揚揚的，即便是她出生後，依舊是京城眾人的談資。她也因而知曉了容樂縣主夫君的身分，是她青梅竹馬，一起長大的侍衛。

「你有沒有覺得，這兩個人很相配？」許是心情太好，蘇宜思忍不住跟面前的男子分享自己的心情。

她今日算不算間接幫了容樂縣主？畢竟，她的馬兒起到一些作用。若是沒有她的馬，那侍衛未必能追得上容樂縣主。一想到這一點，蘇宜思就笑了起來。

侍衛和縣主？

配嗎？

「昭陽公主最是注重臉面，不會同意的。」衛景冷聲打破蘇宜思的幻想。

蘇宜思的笑容頓時僵在臉上。

的確如此。昭陽公主把臉面看得比命重要。

昭陽公主現在不會同意，等女兒和離後依舊沒有同意。

她當初去蘇府大鬧一場，就是希望自家臉面好看，把錯處推到蘇府的頭上，隨後，還想著重新給女兒擇一門高門貴婿。得知女兒竟然想嫁給身分低微的侍衛，便想著寧願給女兒一尺白綾，也不同意這樁親事。

「事在人為，你又怎知容樂縣主不會反抗。」蘇宜思道。

「小丫頭，妳太天真了。父母之命，媒妁之言，古今皆是如此。」

「那也不乏有人為愛情反抗家族。」

「誠然如此，可容樂並不是這樣的人，她沒這樣的膽子。」衛景肯定的說。

蘇宜思微微蹙眉，這人倒是對昭陽公主和容樂縣主瞭解很深。

「容樂縣主現在是這樣的性子，將來未必還是如此。你須知，愛情這種東西，有時會給人無窮的力量。它可以打破階級，跨越時空。」蘇宜思認真的說道。

衛景看著她認真的樣子，忽而一怔。

愛情真的有這麼大的力量嗎？不顧身分，還能跨越時空？那得是什麼樣的愛情，二人之間的感情要深到何等地步。

他似乎從未在身邊的人身上看過這樣的深情厚愛，就連話本裡也不敢寫。

發現自己竟然順著小丫頭的說辭往下想，衛景自嘲的笑了笑。

「無稽之談。」衛景如此評價。

他是不會信的。

蘇宜思早料到他不會相信她，便道：「像你這樣的人是不會懂的。不過，你既然是五皇子的好朋友，不如跟著五皇子好好學學。」

衛景失笑。

這小丫頭，為何一直覺得五皇子是個癡情人呢？他長這麼大，喜歡過誰，又不喜歡誰，自己心中清楚。他從未對這世上的任何一個女子動心，又怎會是個癡情人。

「跟他學？」衛景輕笑了一聲，搖了搖手中的扇子。「跟他學如何去青樓嗎？」

蘇宜思好氣啊！

怎麼又誣衊五皇子。

「你這人怎麼就是說不通呢？五皇子跟你是不一樣的。你莫要用你的想法揣測五皇子。你去青樓是去消遣，五皇子去青樓可是有正事要做。你若是再這樣說他，仔細我下回見了五皇子告你的狀！」蘇宜思最後威脅了一句。

「妳找五皇子告我的狀？」衛景問，那語氣著實怪異。

「怎麼，你不信我會告你的狀？」蘇宜思問。皇上見她時就對她與旁人不同，雖然他年輕了許多歲，但想必看到她還是會對她不同的。

「不是，就是覺得，嗯，這事還挺有意思的。」衛景笑著說道，語氣越發奇怪了。

蘇宜思心想，這真是個怪人，她要告他的狀，他還這麼開心。

她還有正事要做，懶得搭理他。

想到這裡，蘇宜思又往前面看去，發現已經完全看不到人了，頓時有些失望。

衛景看著小丫頭感興趣的模樣，抬起扇子敲敲她的頭。

蘇宜思微微蹙眉，捂住自己的頭，瞪了衛景一眼。

衛景收回扇子，道：「小丫頭，少看話本，話本裡的故事都是騙人的。」

蘇宜思卻道：「你自己不相信便罷了，但不能說是騙人的。」

「強詞奪理。」

蘇宜思想，這人長得倒是好看，怎麼想法就這麼頑固呢？

「要不然咱們打個賭如何？」

衛景挑眉。「賭什麼？」

「若是容樂縣主跟那個侍衛將來在一起了，你就答應我一件事情如何？」

衛景瞥了蘇宜思一眼，問：「那若是他們二人沒在一起呢？」

蘇宜思答得認真。「那我就答應你一件事。」

衛景笑了。「小丫頭，那妳可得好好想想要幫我做什麼了。」

「誰輸誰贏還不一定呢。」蘇宜思自信的說道。

衛景正要再說些什麼，臉色忽然一變，隨後道：「小丫頭，改日再見。妳可莫要忘了，今日妳欠我一個人情。」

衛景指的是剛剛救了她那件事情。

看著快速離開此處的男子，蘇宜思微微蹙眉，覺得這人莫名其妙的，來得突然，走得莫名，說話做事也怪怪的。

很快，蘇宜思就聽到了馬蹄聲和呼喊聲。

「思思——」

「思思——」

聽到爹爹的聲音，蘇宜思連忙道：「我在這邊。」

很快，蘇顯武一行人來到了蘇宜思的面前。

看到蘇宜思，蘇顯武連忙從馬上下來，緊張的上前查探。「妳剛剛可有摔著？有沒有哪裡不舒服？」

蘇宜思笑著搖了搖頭。「沒有，我好著呢。」

蘇顯武上上下下把蘇宜思打量一番，瞧著她沒什麼不適，這才放了心。剛剛聽馴馬的師傅說馬兒失控了，他嚇得魂都快沒了。

還好，一切都有驚無險。

蘇顯武好奇的問：「妳如何控制住馬兒的？」

蘇宜思本想說出實情，但一想到爹爹對五皇子的評價，對那男子的評價，怕爹爹會不高興，便隱瞞了。

「剛剛恰好有人路過，救了女兒。」

「誰啊？」

「女兒也不認識，他救了女兒之後就走了。」蘇宜思繼續撒謊。

這邊是馬場，路過的人馬術精湛也沒什麼奇怪的，蘇顯武並未懷疑。

「哦，這樣啊，妳沒事就好。改日如果見著了他，再感謝他一番。」

「好。」

蘇宜思回頭望了一眼衛景離開的方向，瞧著那邊空無一人，便跟著蘇顯武離開了。

接下來的時間，蘇顯武開始用心教蘇宜思騎馬，沒敢再讓他人教。一教才發現，這小丫頭的天賦竟然如此好。

「不錯啊，妳騎馬方面有天賦。」

蘇宜思得意的說：「那當然了，爹爹這麼厲害，我當然也得了爹爹身上的優點。」

蘇顯武想，若是從這方面說，還真可能是他的種。

兩個人又練習了一會兒，蘇宜思瞧著不遠處的容樂縣主，便道：「爹爹，我累了，不想騎馬了，想去休息一會兒，您不用教我騎馬了，您去玩吧。」

蘇顯武剛剛就跟人賽了一場，正百爪撓心想再去玩一會兒，聽到這話，給她安排了兩個侍衛，便去賽馬場那邊了。

蘇宜思狀似不經意的走向容樂縣主，主動向她問候。

「見過縣主。」

「蘇姑娘。」

「縣主也來這邊賽馬嗎？」蘇宜思問道。她四處看了看，那名侍衛並不在附近。

「不是，我不會，我來這邊學騎馬。」說這番話時，容樂縣主臉上帶著笑。

蘇宜思想，看來剛剛容樂縣主跟侍衛和好了，要不然她臉上的笑容不會這般燦爛。

「這麼巧，我也不會呢，今日才剛剛開始學。」蘇宜思笑著說。

兩個人找到了共同話題，就這個問題探討起來。

說了一會兒，容樂縣主問：「妳今日自己過來的嗎？」

蘇宜思瞥了容樂縣主一眼，道：「不是，我跟三叔一起來的。」

今日容樂縣主和侍衛之間的感情似乎催化了一些，倒是個說話的好契機。有些話，這時候說要比旁的時候說更好使一些。

容樂縣主臉上本沒什麼反應，隨後明白過來蘇宜思口中三叔指的是誰，微微怔了一下。

蘇宜思一直盯著容樂縣主的神情。瞧著她的反應，便知，縣主是知曉她自己的親事的，看那神情，似乎有些抗拒。

「呀，都怪我說漏嘴了。縣主，您可莫要告訴旁人我三叔來此處了。」蘇宜思假裝自己說錯了話。

「為何？」容樂縣主一臉疑惑。

「悄悄告訴您，今日我祖母本想讓我三叔陪她一起去梨園聽戲。」說到這裡，蘇宜思頓了頓，又道：「聽說兵部尚書家的夫人和女兒也過去了。」

這句話一出，意思就很明顯了。

容樂縣主的心情有些複雜。母親有意跟蘇家聯姻，但尚未正式確定，她雖然不想嫁，但對於此事，她的意見並不重要。

之前母親讓她去相看過別的男子，她曾言語上反對過，但被母親拒絕了，最後還是聽從了母親的安排。

若不是他，嫁給誰不是嫁。

「他就這樣跑了，不妥吧？」容樂縣主道。畢竟，父母之命，媒妁之言。

蘇宜思看了容樂縣主一眼，道：「我三叔想找個心意相通的姑娘。他覺得，若是心意不相通，即便硬湊到一起，也不會幸福的。這樣的話，對於兩個人而言都很痛苦。」

聽到這話，容樂縣主渾身一震。心意相通的嗎……這樣的話，太過驚世駭俗了。

「可，為人子女怎可違背父母的意願。」

「將來的日子是兩個人在過，究竟如何才是最好的，怕是只有那兩個人知道了。父母總是希望子女們能夠過得開心的吧。」蘇宜思道。

容樂縣主想反駁這番話的，但她沒有。

母親最想要的是什麼，她一直都明白。

她的想法不重要，她的幸福亦不重要，母親最看重的是臉面，母親一定會為她找個門當戶對的夫婿。

想到這裡，容樂縣主眼神暗了暗。

瞧著容樂縣主的神色，蘇宜思道：「若是兩個人不適合，硬湊到一起，最終的結果也就是世上多了一對琴瑟不調的夫婦罷了。更有甚者，二人過不下去，要和離，鬧到那個分上，雙方家族臉面更難看，倒不如，一開始就找個心意相通的。

「縣主，您覺得呢？」

容樂縣主震驚的看向面前的姑娘。

這說法著實驚世駭俗。父母之命、媒妁之言，自古以來皆是如此。哪有為了兒女私情捨棄家族，與家裡對抗的呢？而且，世家大族中又有誰的婚姻是彼此相愛而成親。大多數夫妻都是相敬如賓，她的爹娘便是如此。與其說是兩個人成親，倒不如說是兩個家族連在一起，她從小受到的教育便是如此。

容樂縣主的眼神漸漸從震驚變成了不認同。

她若是沒記錯，面前這個姑娘來自漠北？聽說那邊民風彪悍，女子個個擅長騎馬打獵。若真是如此，這姑娘有這般想法也就不奇怪了。

可京城畢竟與漠北不同。

容樂縣主在看蘇宜思的同時，蘇宜思也在看她。

瞧著她眼神的轉變，蘇宜思便知自己今日沒能勸動容樂縣主。當她聽到後面容樂縣主的那一番話時，也就沒那麼意外。

「蘇姑娘這番話當真是與眾不同。只是，京城這邊的風俗，成親便是要結兩姓之好，斷然沒有為了滿足個人的私慾，而棄家族於不顧的道理。」

「縣主考慮得周到。」蘇宜思先是贊同了容樂縣主的說法，接著，話鋒一轉，又道：「只是，我與我三叔的想法是一致的。若是將來讓我嫁給我不喜歡的人，我也是不願的。人這一輩子數十年，若是枕邊之人非我所愛，豈不度日如年。縱然兩個人同處一室，仍舊覺得孤獨。」

容樂縣主微微蹙眉。

「不知縣主可有喜歡之人？」蘇宜思突然冷不丁的問道。

容樂縣主怔了一下，眼神有些慌亂，防備的反問道：「蘇姑娘為何這樣問？」

蘇宜思笑了，說：「縣主莫要多想。我只是想說，若是有了喜歡的人，而且能嫁給他，那麼，日日都會開心。即便是他不在身邊，一想到他，也會覺得幸福。」

蘇宜思發現，容樂縣主又陷入了沈思。

欲速則不達。她跟容樂縣主還沒那麼熟，若是再多說，怕是會起反作用。蘇宜思後面沒再多言，與容樂縣主說了些別的，便離開了。

容樂縣主獨自站在原地，想了許久方才離開。

這次馬場之行，父女兩人都玩得很開心，回去時，一路上都有說有笑的。可一回到府裡，情況就大變了。

等待他們的，是一場風暴。確切說，這風暴是針對蘇顯武而來。蘇顯武已經逃了多次，周氏這回已忍無可忍。

蘇宜思瞧著她爹被罰，不忍心，連忙一起跪了。

蘇顯武剛想開口為她解圍，就聽周氏道：「好孩子，妳跪下做什麼？祖母沒有怪妳。祖母知道，定是妳三叔把妳拐跑的。真是個可憐的孩子，地上涼，快起來。」

蘇宜思遲疑了一下，看了眼她爹，還是站了起來。

罷了，爹爹皮糙肉厚，她細皮嫩肉的，就不跟著爹爹一起受罰了。

「祖母能不能別罰那麼重呀？三叔也不是故意的。」蘇宜思為蘇顯武求情。

她的話平日裡還管用，今日卻沒有任何作用，周氏親自拿著戒尺把兒子打了一頓，又把他關到祠堂裡去了。

蘇宜思能做的，就是等到晚上祖母睡了，偷偷給她爹送點東西吃。

「妳祖母身子如何？」蘇顯武問。

蘇宜思道：「挺好的，大伯母把祐哥兒抱過來了。祐哥兒背了兩首詩，哄得祖母開心，晚上勉強吃了一碗米飯。」

一聽這話，蘇顯武放心了，只要他娘身子無礙就好。

「不過，剛剛祖父發話了，若是您下回還這般，就不讓您回漠北了。」蘇宜思又補充了一句。

蘇顯武正吃著糕點，聽到這話，差點噎到。「妳確定，我爹說的？」

蘇宜思點頭。

那完蛋了，他爹一出馬，就是來真的了。

接下來，蘇顯武得到了和蘇嫣一樣的待遇，被周氏禁足了。這可苦了蘇顯武了，可惜，無論他怎麼鬧騰，守院子的人都沒敢放他出去。

蘇宜思倒是日日去看蘇顯武，她去的時候，常常與他說關於楊氏的事情。可自始至終，蘇顯武都沒什麼反應。

「爹，娘真的是特別好的一個人。」

「嗯，我知道了。」蘇顯武應付了一聲。

這樣的話蘇顯武已經聽了多遍，耳朵都快要長繭了。

對此，蘇宜思雖然有些著急，但也無可奈何。

很快，新的一年即將到來。

這還是蘇宜思第一次在這邊過年。

國公府跟往後的侯府真的很不一樣。自從進入臘月，上門來的人就不斷，每日都是熱熱鬧鬧的。直到過年的前一日，仍舊有人上門來訪。至於侯府，旁人躲都還來不及呢，又怎會上門做客。來往的，都是一些相熟人家罷了。

蘇宜思跟在周氏身側，見到不少熟悉的人。

過年的前一日，蘇顯武和蘇嫣都被放了出來。不過，二者還是有區別的，蘇嫣是真的解除了禁足，蘇顯武則是暫時被放出來，在下一次相看姑娘之前，他都得在府中待著。

眾人對蘇顯武的遭遇既同情又覺得好笑。

蘇宜思心中雖然有著諸多心事，但總的來說，過年還是很開心的。她吃到了從前不曾吃到的美食，見識到不少番邦進獻來的寶貝，看到盛寵之下的國公府是如何的繁盛。

一直到正月十五，這個年才算是正式過完。

年過完了，也就意味著蘇顯武的好日子到頭了，周氏又給他安排好跟世家貴女見面。因著蘇顯武之前的表現，世家貴族雖然想要與他結親，但也有些忐忑不安，生怕親事結不成，還要丟臉。

因為這一點，周氏把蘇顯武看得很嚴，這一次，絕不容再出錯。即便是蘇宜思去求情，也沒什麼用了。

「唉。」

「唉。」

偌大的房間裡，嘆氣聲此起彼伏。

蘇顯武嘆氣，是因為他這一次真的要服從母親的安排，去見姑娘家了。見面當然不是重要的，問題是，若是見了，怕是就要逼著他成親了。可他不想成親，也對姑娘家沒什麼興趣。

蘇宜思嘆氣，是因為這次她幫不了自家爹爹了。更慘的是，若是爹爹真的去相看姑娘，那豈不是跟她娘成親的可能性越來越小了？

兩個人大眼對小眼，嘆了許久的氣。

晚上回到院中，蘇宜思躺在床上輾轉反側。

想到按照事情的發展，再過幾個月爹爹就要與容樂縣主訂親。

而現在，容樂縣主那邊暫時沒看出有什麼進展，她爹爹這邊又對母親很是冷漠，祖母那邊又催得急。

蘇宜思覺得不能再這樣下去了。該如何辦才好呢？

思來想去，蘇宜思覺得，爹爹對娘親這般態度，是因為兩個人互相不瞭解。換做是她，有人跟她說一個陌生人的好，她也不會覺得對方好的。

爹娘成親後互相喜歡這一點她是可以肯定的。所以，若是二人接觸了之後，關係肯定能更進一步。

這般一想，蘇宜思又覺得心裡充滿了希望。

第二日一早醒來，蘇宜思便讓人出門去打聽事情了。很快，便打聽到一事，禮部尚書家的獨女初來京城，水土不服，病了數月，過了十五，便到京郊的莊子上養病。

聽到這事，蘇宜思頓時心裡慌亂起來。母親竟然病了嗎？還病得那麼重。母親是年前十一月分來的京城，到現在已經兩個月了，竟然還沒好。

她恨不得立馬飛到母親身邊，去探望母親。

不行，她得出城一趟。

想到這裡，蘇宜思朝著正院走去。

走到半路，又停了下來，轉頭朝著蘇顯武的院子走去。

她若是想出城，一個人肯定是不行的，得有人陪著。這個最好的人選，不就是父親嗎？而父親陪著她，就能見到母親。

一舉兩得。

只是，會見母親這件事情肯定不能提前跟父親說。她得先去找父親打聽打聽，府中有哪些莊子，哪裡離母親住的莊子近一些。

打聽清楚後，蘇宜思出了院子，朝著正院走去。

蘇嫣正在院子裡逛著，就看到蘇宜思從蘇顯武的院子裡出來，隨後又看到她開開心心的去了正院。

瞧著蘇宜思得意的模樣，蘇嫣冷哼一聲。說到底，她這次之所以被禁足，都是因為這個孤女。

這孤女如今的派頭倒是比她還像國公府的姑娘，當真是讓人心裡堵得慌。不過是一個破落戶罷了，還擺起國公府姑娘的款。

她就不信抓不住這孤女的錯處！若是有朝一日被她抓住把柄，定要蘇宜思好看。

「去打聽打聽，她最近都做了什麼。」

「是，姑娘。」

到了正院，蘇宜思沒直接說出自己的想法，而是與周氏說起話來。瞧著周氏有些疲憊，便去給她捏捏肩膀。

「我聽三叔說咱們京郊的莊子上有溫泉，那溫泉最是養人。祖母大病初癒，過年又累著了，不如咱們去溫泉莊子上住上幾日？」

聽到這話，周氏臉上的神情微動。

蘇宜思陪在周氏身邊多年，早就熟悉她的一舉一動。瞧著她臉上的神情，便知她有些心動了，再接再厲說道：「三叔在京城不是老是違背祖母的意願，不去相看嗎？等到了莊子上，那附近的別苑多，咱們就約在那邊，反倒是能不露痕跡的見面，不比在京城更方便嗎？到那時候，三叔想跑也跑不了。」

周氏臉上的笑容漸漸加深，顯然，她很贊同蘇宜思的想法。

「妳這想法真不錯。」周氏誇讚。

說話間，周氏細細琢磨了一下。他們莊子附近有宣義侯府的、昭陽公主府的，兵部尚書府的離他們莊子也不遠。

到了莊子上，豈不是都可以約著見見？即便是彼此見了，也不會有人注意。就算是發現了，可以說是來見府中的姑娘的，這不比在府中更方便？

「妙啊！」周氏再次誇讚。

得到周氏的誇讚，蘇宜思開心了。

看來，她很快就能見著母親了。

蘇顯武並不知周氏的真正打算，得知母親將要去莊子上「養病」，還要帶著他一起去，自是非常開心。因為，這樣就意味著自己的禁足解除了，可以去莊子上溜溜馬。

蘇嫣也很快就打聽到此事，提出一同去的想法。

因著上回的事情，周氏越發不待見她，聽到這個提議，沒有任何猶豫就回絕了。

蘇嫣很是氣憤，又去找了安國公。可找安國公也沒用，因為周氏說是去養病的，帶著庶女去添堵嗎？

周氏這回打算在別莊多住些時日，所以收拾起東西來就沒那麼快。過了五日左右，才剛剛收拾好，蘇宜思急得不得了，可面上又不能催促。

終於，到了去京郊莊子的這一日。

結果，吃早飯時，周氏收到了一封信。看完信後，周氏臉上的神情不似剛剛那般愉悅。

「看來這回去不成了。」

一聽這話，蘇宜思臉上的神情終於繃不住了。

「為何？」

這聲音，也與平日裡的不太一樣，桌子上的人都看了過去。

蘇宜思意識到自己太著急了，連忙喝了一口水，潤了潤喉，掩飾自己剛剛的不對勁。喝完水，儘量讓自己平靜，道：「咳，我的意思是，想問問祖母，發生了何事？」

吳氏這時也道：「是啊，母親，發生了何事？」

周氏也沒多想，視線又回到信紙上。

「妳二嬸一家要回來了。算算日子，應該就是這幾日了。」

一聽二房要回來了，眾人臉上的神情都不怎麼好看。

蘇家二爺外放到揚州府，三年不曾回京。二爺是個好的，可那位二夫人性情就不怎麼討喜了，是個拎不清的。在老國公去世後，死活不肯分家，不肯從國公府搬出去，即便是二爺外放了，也不肯分出去，非得在國公府。

這不，國公府裡還有他們一家人的院子。

若是他們回來了，還是要住在國公府的。而那位二夫人，又慣會指手畫腳，插手國公府的事。

周氏是瞧不上她這個妯娌的，也有得是法子治她。只不過，畢竟是丈夫的嫡親弟弟，又三年沒回京了，她作為府中的女主人，怎麼也要在府中等著接待。

蘇宜思對於這位叔祖母也沒什麼好印象，事實上，她從未見過這位叔祖母。在國公府落魄後，這位叔祖母立刻跟平安侯府劃清了界線，一次也不曾回來過。

母親病了那麼久了，她心急如焚，很想見見母親。可現在，眼見著要見不著了，該如何是好。

蘇顯武一直關注著蘇宜思那邊，瞧著她臉上的神情，便知她心中所想了。那日她去找他打探過莊子上的事情，在聽說有溫泉時，模樣甚是開心，想必，她也想去莊子上逛逛吧。

「莊子上久不住人，怕是要收拾一番。不如我先陪著思思去莊子上收拾一番，等母親見了二嬸再去。」蘇顯武提議。

周氏瞥了兒子一眼。她這次的目的本就不是去泡溫泉，而是為了兒子的親事，只要把兒子騙過去就行，他這提議，倒也不錯。

「也行。總歸過幾日要去的，東西既已收拾好了，也不好再卸下來。我再讓幾個嬤嬤陪你們一起去，去了那邊先收拾收拾東西。」周氏道。

蘇宜思感激得看了一眼她爹。心想，還是爹爹對她好，知曉她的心意。

吃過飯，蘇宜思和蘇顯武就啟程出門去了。二人一個坐馬車，一個騎馬，都很開心。

衛景聽著屬下上報的事情，嘴角露出一絲冷笑。他這三哥，表面上一副溫文爾雅的謙謙公子模樣，背地裡卻淨幹些上不得檯面的事情。

失了禮部尚書的位置，便要與新任禮部尚書扯上些關係。

可惜，楊硯文是個剛正之人，並未理會他。

「他們打算如何做？」衛景問。

「聽說楊姑娘正在京郊的莊子上養病，謙王想方設法讓人去接觸她。」嚴公公道。

年後，皇上分封了眾皇子。謙王，便是三皇子。

衛景微微瞇了瞇眼，眼裡有幾分笑意。不過，那笑，卻要比這寒冬還要冷上幾分。

「本王記得，我在那邊也有個莊子？不如咱們也去湊湊熱鬧。」

衛湛想做的事，他偏不讓他做成！

第十三章

馬車出了歸安巷，轉到南北大街上，穿過一整條街，終於到了城門口。再接著，便是出城了。短短的一刻鐘，硬是讓蘇宜思覺得過了一個時辰之久。

等到出了城，馬車行進的速度就快了起來。

約莫半個時辰後，馬車終於到了京郊的別莊。

等到了院子裡，蘇宜思立馬把管事的叫了過來，讓人去打探禮部尚書的莊子在何處，離這裡遠不遠。

管事的聽到蘇宜思的吩咐，臉上露出一絲詫異的神情。

「嗯？」蘇宜思微微蹙眉。難道外祖家有什麼不好的事情發生嗎？

「不知姑娘問的是哪個禮部尚書，是前任還是現任？」管事的再次確認。

「現任禮部尚書楊硯文楊大人的府邸。」蘇宜思道。

接著，就聽管事的道：「奴才不知那楊大人在京郊是否還有其他的莊子，只知道咱們隔壁就是他們新買下來的，若不是這個的話，奴才再去打探一番。」

蘇宜思微微一怔，臉上立馬露出笑容。沒想到，天底下竟然有這麼巧的事情。她外祖家的莊子就在他們家隔壁？

「隔壁最近可有主子過來？」蘇宜思問。

管事的道：「有的，幾日前楊夫人和楊姑娘來到了這裡。」

聽到這話，蘇宜思快要笑出聲來了。

母親就住在隔壁的話，一切事情就都簡單了。

「姑娘可還要奴才再去打探，楊大人是否有其他的莊子？」

「不用了。」

接著，蘇宜思又問了些關於母親的事情，得知母親看起來沒什麼大礙，便放心了。最後又吩咐了幾句，便讓管事的退下去了。

蘇宜思坐了大半個時辰的車，心頭擔心的事又落到了實處，便覺得有些睏倦了。

這邊蘇宜思歇下了，那邊蘇顯武可是精神百倍。他被他娘困在府中多日了，一直沒能出府。這會兒終於離開府中，自然是心情愉悅得很。得知蘇宜思歇下了，便騎上自己的愛馬，去附近逛了逛。

在田間地頭馳騁了許久，蘇顯武感覺心情開闊多了。不知不覺，便到了京郊的寺廟法緣寺附近，和以往一樣，這裡香火鼎盛。

蘇顯武無意去寺中，繞著寺廟轉了一圈，便準備回去了。

然而，剛繞到寺廟後頭，就看到了一個熟悉的身影。瞧著那姑娘，蘇顯武不自覺皺了皺眉。

心想，這姑娘怎麼和侍女兩個人待在這麼偏僻的地方，雖然是光天化日的，但這地方畢竟鮮少有人過來，不怎麼安全。

蘇顯武本不想多事的，何況對方又是那個姑娘。但是，馬兒不知怎麼回事，硬是不聽他的話一般，停在這位姑娘面前。

小蝶聽到馬蹄聲，臉上露出激動的神色。然而，轉身之後，看到蘇顯武的臉，臉上的笑立馬收回來，整個人也擋在自家姑娘面前。

「你要做什麼？」小蝶警惕的問道。

剛問完，蘇顯武的馬就動了動，打了個噴嚏，噴到小蝶身上，小蝶越發氣惱。

蘇顯武沒理會這個丫鬟，越過她，看向站在她身後的楊心嵐。

「發生了何事，可需要幫忙？」

「不需要！」小蝶怒視蘇顯武。

蘇顯武連個眼神都沒給她，依舊看著她身後的楊心嵐。

楊心嵐蹙了蹙眉，看向蘇顯武。

上次在首飾鋪子裡發生的事情，她現在還記得清清楚楚，包括蘇顯武說過的話。長這麼大，她那是第一次被人那麼說，那種羞赧的心情，她再也不想體會一次了。

她本該討厭面前的男子。

可是，心頭僅存的一絲理智又告訴她，對方雖然說話不中聽，但卻是一個好人。畢竟，他本欲送她糖葫蘆，且那日的小賊就是他抓到的，他說那些話，也是為了她好。

這男人雖然臉上的神情很是不耐，但卻莫名給她一絲安全感。

楊心嵐有些遲疑。

「府上的馬車呢？」蘇顯武環顧四周問道。

「關你何事？你離我家姑娘遠些。」小蝶著實討厭面前這個男人。第一次買糖葫蘆時，故意不給他們家姑娘。後來在首飾鋪子裡，又當著那麼多人的面，那般羞辱她家姑娘。這人看上去五大三粗的，一看就知不是什麼好人，也不知他今日究竟是存的什麼心思。

楊心嵐抿了抿唇，沒說話。

蘇顯武覺得今日真的是腦子抽風了，竟然管起閒事。明知道對方是個矯情又事多的人，還在這裡關心她，他就不該停下的。

「禮部侍郎府的黃夫人妳可認識？」

楊心嵐點頭。

見她如此，蘇顯武調轉馬頭，快速朝著剛剛來的路行去。

「姑娘，您搭理這個男子做什麼？您又不是不知道，他不是什麼好人！」小蝶道。

楊心嵐收回看向蘇顯武的目光，轉頭看向自家丫鬟。「妳為何認為他不是好人？」

她雖然不喜剛剛那名男子，可也不認為他是個壞人。不喜歡他，是出於自己的喜惡。是否是個好人，卻要從一個人的行為來判斷。從他做的事情上來看，他應該算得上是個好人。

「他都做了那麼多壞事了，還不是壞人嗎？」

楊心嵐微微蹙眉。

小蝶原是楊心嵐身邊的二等丫鬟，只因她身邊的幾個大丫鬟尚未到京城，所以才把小蝶帶在身側的。如此看來，這丫頭的見識有限，難當大用，甚至會得罪人。等她們過來，就把她換掉。

不過是片刻工夫，只見一輛馬車朝著她們駛了過來。

「小姐，是溫公子來了。」小蝶神情激動。

剛剛蘇顯武過來時，她以為是溫公子來了，沒想到不是。這回，肯定是了。

小蝶再次失望了。

馬車到了她們主僕身側，轎簾從裡面掀開，黃夫人的臉出現在眼前。

「楊姑娘。」

黃夫人是禮部侍郎夫人，因著楊心嵐的父親是禮部尚書，這位黃夫人最近沒少往他們家跑，也因此，楊氏認識她。

黃氏正愁著如何能討好一下丈夫的上官，沒想到瞌睡遇到了枕頭。

「黃夫人好。」

「姑娘可是遇到困難了，可需要幫忙？」黃夫人問。

楊心嵐遲疑了一下，道：「我家的馬車不知去了何處，如今快到晌午了，正愁著不知該如何回去。」

「快上來、快上來，我送姑娘一程。」黃夫人熱情的招呼著楊心嵐。

「多謝黃夫人。」

「客氣什麼。」

小蝶見她家姑娘要上馬車，著急得不行，小聲道：「姑娘，那溫公子……」

聽到這話，楊心嵐看了小蝶一眼，道：「莫要再提，先回去。」

小蝶猶豫了一下，扶著她家姑娘上馬車了。

今日楊心嵐是來寺中上香的，來時，她帶著一個丫鬟、一個嬤嬤和四個家丁。嬤嬤和家丁等在此處，可等她們二人從寺中出來，卻不見馬車。

這時，有位溫姓公子過來幫忙，想要帶她們回去，但被她拒絕了。後來，這位溫公子身邊的僕人過來，說看到了她們府裡的馬車，要幫忙去喊人。

緊接著，蘇顯武就出現了。

和溫公子相比，楊心嵐更信任眼前這位黃夫人。

只是不知剛剛那男子是何身分，黃夫人竟然這般聽他的話。

黃夫人待楊心嵐好是存著目的的，因此，不待楊心嵐說什麼，在路上就跟她聊了起來，聊著聊著，就提到了剛剛的事情。

「楊姑娘待的地方太偏僻了些，若不是國公府的三公子過來與我說，我都不知姑娘在那裡。」

「國公府三公子？」楊心嵐詫異的問。

「是啊，就是安國公府的三爺。」

安國公府的名頭響得很。即便是初來京城，她們主僕倆也早就聽說過安國公府的事情。小蝶聽到剛剛那男子是安國公府的公子，詫異極了。

安國公府……三爺……

楊心嵐在心中默唸。

「可是那位擊退鄰國敵軍的年輕將軍？」楊心嵐問。

「可不是嗎，這位國公府的公子厲害得很，年紀輕輕就數次擊退敵軍，被皇上封為鎮北將軍。」黃夫人道。

竟然是那位少年將軍。她雖在南方，但也沒少聽她爹提起這位將軍的事情，聽說他驍勇善戰，有勇有謀。

從前，她就想過，對方會是何等模樣，才能大破敵軍，沒想到，自己初入京城時，便與他打過照面了。

得知了對方的身分，楊心嵐突然覺得，那日他罵她的態度，似乎也沒那麼難理解了。

不多時，馬車便回到楊家的別莊。

黃夫人今日有了合理的藉口，自然是跟著一起下車進了莊子。

一下馬車，小蝶就在一旁嘀咕。「原來是個武將，怪不得那麼粗魯。」

楊心嵐瞥了她一眼。

小蝶看著自家姑娘的這個眼神，連忙閉上嘴。雖然姑娘平日裡脾性好，但若是真生氣，是很難消氣的。

另一邊，蘇顯武早已回到了別莊。

想到剛剛那姑娘的樣子，越想越覺得他家閨女說的是假的。

他怎麼可能喜歡那樣的姑娘！

「爹，您去了哪裡，怎麼臉色不太好看？」

蘇顯武剛要說出見到了那位楊姑娘，就連忙收了回來。畢竟，這小騙子一直說楊姑娘是他未來的妻子，若是他說了楊姑娘的不是，她定要生氣的。

小騙子一生氣，就很難哄了。

「沒什麼，本想做件好事，結果被人當成了驢肝肺。」蘇顯武一句話概括了剛剛發生的事。

蘇宜思也沒多想，便與蘇顯武商量著中午吃什麼。

吃過午飯，管事的回來報了。

蘇宜思聽到管事的說母親每日辰時，都會去附近的山上爬爬山鍛鍊身體，心中便生了個主意。

來到京郊後，衛景處理了一些事情，瞧著天色已黑，便去了湯池中。

夜色朦朧，氤氳的霧氣中，隱約可見一赤裸著上身的男子，面容極為出眾，一雙桃花眼即便只是垂眼看著面前的酒杯，依舊讓人覺得深情款款。

只是，那身子與秀美的臉卻不怎麼和諧。總覺得這張臉的主人，理應有個白皙瘦弱的身子，偏那上身看起來很是精壯，一看便知常年鍛鍊。

「衛湛來了？」

「尚未。」

「嗯？」

「忠義侯府的溫公子來過。」

「溫元青？」

「正是。」

衛景慢慢搖晃著手中的酒杯，若有似無的笑了，道：「也就他的身分配得上尚書家的獨女了，他倒是一條聽話的狗，衛湛讓他做什麼他就做什麼。」

接著，嚴公公又道了一句。「安國公府的三公子也來了。」

「嗯？你說誰？」衛景手上的動作停了下來。

「鎮北將軍蘇顯武蘇將軍。」

衛景眉頭緊緊蹙了起來。若是溫元青的話，尚能讓人理解，怎麼蘇顯武也來了。

「哪個是衛湛安排的？」

「小的失職，暫時沒查出來。」

「今日他們都做了什麼？」

嚴公公連忙把今日溫元青和蘇顯武做過的事情說了一遍。

「溫公子早上卯時出的城，直奔法緣寺，曾與楊姑娘說過幾句話。後來楊姑娘是被黃夫人送回去的。」

聰明如衛景，也沒想到會是這樣的情景。從結果來看，倒是蘇顯武的可能性更大一些。

「兩人都與楊姑娘接觸過？」

「是。」

這就很耐人尋味了。

「等明日咱們也去湊湊熱鬧。」

不管是蘇顯武還是溫元青，他有得是法子讓這事成不了。

第二日一早，剛過了卯正，蘇宜思就醒過來。

這對於一個愛睡懶覺的人而言是多麼困難的事情，但一想到自己要做的事情，就不覺得多麼難受了。

蘇宜思起來後，就去前院找蘇顯武了。

雖說蘇宜思今日起得早，但還是比不上蘇顯武。在軍中多年，蘇顯武早就習慣早起。卯時剛到，便起床鍛鍊了。

蘇宜思過來時，他正在院子中打拳。

「咦，妳今日怎麼起得這麼早？」蘇顯武有些好奇。

「昨日不是跟爹爹說過了嗎，今早一起去爬山，爹爹不會忘記了吧？」蘇宜思道。

「忘倒是沒忘，我還道妳是隨口說說。」蘇顯武道。

「女兒是真的想去鍛鍊鍛鍊身體。」蘇宜思笑著說。

事關爹娘的終身大事，她可不是隨便說說的。

「其實也不必去爬山，我可以教妳一些其他的鍛鍊身體的法子。」蘇顯武說。

聽到這話，蘇宜思道：「可我聽說京郊的空氣好，尤其是山上，空氣很是新鮮。」

蘇顯武贊同的點頭。「說得不錯，京郊山上的空氣確實好，我也多年沒去過了。走，去山上看看。」

蘇宜思笑了。「好。」

出了門，蘇宜思的眼睛就看向一旁的宅子。

剛剛出門時，還差半刻鐘到辰時，也不知母親是已經出門了，還是尚在家。

蘇顯武是真的去爬山的，出了府門就大步朝前走去。走了幾步，聽到後面沒了動靜，便回頭看看。這一瞧，便發現蘇宜思正在回頭看向一旁的宅子。

「怎麼了？」蘇顯武詫異的問。

蘇宜思琢磨了一下，道：「沒什麼。」

「走吧？」

「好。」

蘇宜思想，還是別在這裡等著了，如果母親已經上山了，他們肯定會遇到的。若是沒上山，還在家，那最遲他們返程的時候也會遇到。

她覺得，沒出門的可能性更大一些。故，爬山的時候就走得慢吞吞的。

蘇顯武走兩步，發現後面的人被他甩得遠遠的了，不得不站在原地等。本來他還耐著性子等著，後來瞧著蘇宜思臉上似是有心事，實在是忍不住，道：「想什麼呢？走快一些啊。」

蘇宜思收回看向山下的目光，道：「哦，好。」

磨蹭了這麼久，都沒等到母親，或許，母親在前面？這般一想，蘇宜思走得快了一些。只是，走沒多遠，便累得氣喘吁吁了。她這身子，實在是弱得很，缺乏鍛鍊。

「走不動了，我歇會兒。」蘇宜思扶著一棵樹，站了一會兒，還是覺得累，便在一旁的石頭上坐下了。

蘇顯武剛覺得身上有些熱呼，想繼續往上爬，沒想到就聽到這話。他有點搞不清楚究竟是他來爬山的，還是她想爬山。

蘇顯武停了下來，陪在蘇宜思身側。

蘇宜思抬頭看了看，瞧著前方還看不清楚山頂，突然就歇了心思，不想往上爬了。

往上瞧瞧，再往下瞧瞧，她突然覺得自己這個想法不錯。這裡是上下山的必經之路，不管母親究竟還沒上山，還是已經在山上了，都能等到。

蘇顯武在附近轉了轉，約莫一刻鐘後，他回來了。

「走嗎？」

蘇宜思看了他一眼，道：「爹爹，太遠了，我不想爬了。」

蘇顯武盯著女兒看了片刻，若是沒記錯的話，他們一共就爬了一刻鐘，這就累了？終還是忍不住，道了一句。「要不，再爬一會兒？」

蘇宜思看出她爹眼中的無語，但還是堅定的搖頭。「不了、不了。」

蘇顯武沒講話。

蘇宜思看出他的意思，想了想，道：「要不，爹自己往上爬吧，我在此處等您。」

總歸不管母親在哪兒，只要她今日來爬山，定會與母親相遇的。此處安全得很，他們又帶著一個婆子和一個丫鬟，倒是不用擔心。

蘇顯武想了想，交代幾句，便獨自一人往山上去了。

又歇了一會兒，蘇宜思慢慢緩過來了。此時畢竟是正月，雖說天氣有轉暖的跡象，但在一個地方待太久了，還是覺得有些涼意。

蘇宜思打算站起來活動一下，就在這時，她聽到了一個熟悉的聲音。

「小丫頭，這麼巧，又見面了。」

蘇宜思側過頭去，看向來人。

母親沒等到，她倒是等到了一個意料之外的人。

蘇宜思想，確實巧得很。上回在馬場就很巧，這回也是。她好像一出門，就總能遇到這個男子。

雖說她對對方的印象不太好，但見過多次了，對方看起來身分也不簡單，多少是要打聲招呼的。然而，張了張口，她卻發現自己連對方叫什麼都不知道。

張了張口後，蘇宜思又閉上嘴。

對方絲毫不在意她的態度，一屁股坐在了她的身側，手中的扇子還在搖著。

蘇宜思看了一眼兩人之間有一尺的距離，往旁邊挪了挪，又抬頭看了看這男子，暗道：這麼冷的天，搖扇子不冷嗎？

一旁的丫鬟和婆子瞧著二人臉上的神情，猜測應是相識，便沒多做什麼。

「你究竟是何人？」蘇宜思問道。

最近她回憶了多次，仍舊無法從原本見過的那些人中辨別出眼前男子的身分。瞧著談吐和穿著打扮，應該不是尋常人家才是。

衛景搖著扇子的手未停，側頭看向了蘇宜思，道：「我跟姑娘的芳名有一字重合。」

「嗯？」蘇宜思詫異。

「九思。」

九思……君子有九思，倒是個好名字。不過，怕不是大名，而是字吧。

不對，她又沒問他叫什麼，而是想知道他的身分。

「敢問是哪個府上的？」

衛景神情怪異，道：「說不定我是姑娘認識的一個人。」

「我認識的？」

不可能。她認識誰，不認識誰，難道她自己不知道嗎？這人怎麼說話奇奇怪怪的。她很想追根究柢，可瞧著對方那樣子，不像是想要為她解答。

她便沒再多問。

她沒多問，對方卻似乎很想說話，問道：「小丫頭，妳這個年過得如何？」

「過得挺好的。」

「可有吃什麼好吃的？」

「有啊，府中日日是山珍海味。」

「在京城住得可還習慣？」

蘇宜思看了衛景一眼，心道，她從出生就在京城，又怎會不習慣。

「挺好的。」

剛答完，只聽對方突然說了一句。「妳這官話說得倒是正統，沒有一絲漠北的口音。」

蘇宜思心裡升起一絲警惕。這人，到底是何意？

「嗯？有人教的嗎？」只聽對方繼續問了一句。

看著面前這一雙含情的桃花眼，蘇宜思心裡突然有些慌。這個問題，她壓根兒沒想過。

她一直都跟爹爹說的實話，所以無須跟爹爹解釋。而爹爹跟大伯的解釋是，爹爹教的。

可這樣的話，騙騙自己人便罷了，面前這個男子未必會相信。

此刻也不容她多想，便含糊點點頭，應了一聲。「嗯。」

衛景瞧著面前這個小丫頭的神情，挑了挑眉。不過，他也無意深究，便止了這個話題。

蘇宜思感覺盯著她看的那道視線消失不見了，鬆了一口氣。

她可以把自己的身世告訴爹爹，卻不能告訴其他人。若是旁人也知曉了她的來歷，怕是要被抓起來燒死。

為了防止對方再問出什麼奇怪又難以回答的問題，蘇宜思打算先發制人。

「對了，你不是瑾王的人嗎，怎麼不在瑾王身側？」

瑾王，便是五皇子的稱號。

也不知她這個問題有什麼好笑的，對方竟然笑了起來。

「瑾王又不是孩子，無須我日日陪伴。」衛景道。

蘇宜思蹙了蹙眉。

這個人給她的感覺實在是太奇怪了，尤其是她提到瑾王的時候。

該不會真的被她猜中了吧。這人或許背叛了瑾王，所以往後才沒他的消息。

看來，透過這個人接近瑾王的想法有些行不通了。

「你可知道，在何處能遇到瑾王？」

蘇宜思實在是有些好奇，她所知的皇上如今究竟是何等模樣。

只見對方又用那種奇怪的眼神看她，問：「妳想見瑾王？」

蘇宜思抿了抿唇，沒回答。

「妳為何想見瑾王？」

「不為什麼。」

「小丫頭秘密還挺多。」衛景如此評價。「行吧，我不問了。不過，妳若是想見瑾王的話，也就只有一個地方了，那便是——」

衛景還沒說完，只見蘇宜思站起來，不贊同的看向了他。

衛景把原本要說的「青樓」二字收了回去，笑著說：「皇宮。」

蘇宜思意識到被人耍了，瞪了對方一眼。

衛景看著面前這個表情豐富的小姑娘，心情好極了。他發現，這個小姑娘實在是太可愛了，就像是他幼時養過的一隻小貓，逗一逗她，有趣得很。

見小貓似乎氣得狠了，不再講話，衛景便收斂了。

「妳若是有什麼話想與瑾王講，不如講給我聽，我可以幫妳轉達。」

「不必。」蘇宜思想也不想便拒絕了。

雖然面前這個人長得挺好看的，上回還幫了她，可她連對方的身分都不知道，又怎能信任他，誰知道他會不會把她的話轉幾個彎之後再告訴瑾王。

兩個人正說著話，只聽不遠處傳來了些動靜。

「你放我下來！」

「老實點！」

蘇宜思轉頭看向遠方的山徑，竟瞧見爹爹正揹著母親下山，她先是一怔，隨後，臉上的笑容漸漸加深。

她使勁捂住嘴巴，才沒讓自己笑出聲。

這是，成了？

衛景瞧著從山上下來的二人，眼睛微微瞇了瞇。

他沒想到，衛湛派來接近楊家的人竟然真的是蘇顯武。看來，從前他看走了眼，以為蘇家不會摻和到這樣的事情中，沒想到陷得還挺深。

正想著呢，側頭一看，就見站在身側的小丫頭正激動得看著不遠處的二人。那興奮的模樣，著實耐人尋味。

第十四章

「妳很希望他們在一起？」衛景冷眼瞧著不遠處的二人問道。

蘇宜思眼睛一錯不錯的盯著她爹娘，想也不想的回答。「那是自然。」

「為何？」衛景又問道。

蘇宜思只顧著開心，並沒有注意到衛景此刻的語氣跟剛剛不一樣。少了幾分熱情，多了幾分試探。

為何？當然是因為這兩個人是她爹娘啊！她肯定是希望二人在一起的。可這樣的話不能說，所以，她道：「你不覺得他們二人很配嗎？」

「配嗎？」

蘇宜思的眼睛終於看向衛景，道：「配啊！我三叔魁梧英勇，楊姑娘嬌小溫柔，郎才女貌，天作之合！」

她不允許任何人當著她的面說她爹娘不配，她爹娘是這個世界上最配的一對夫妻，他們今生一定可以一直廝守下去，不會再有任何波折。

衛景靜靜的看著蘇宜思，試圖透過這張臉看出她內心真實的想法。

蘇宜思覺得這眼神著實怪異，微微蹙眉。然而，還沒等她問出口，就聽爹娘那邊的聲音越來越大了。

「你這人怎麼這樣粗魯，快放我下來。」

聽著母親略帶哭腔的聲音，蘇宜思哪裡還有工夫理會面前這人，連忙站起身，朝著爹娘的方向去了。

衛景看了一眼蘇顯武和楊心嵐的方向，又深深的看一眼蘇宜思，轉身離去了。

「楊姑娘。」

楊心嵐看著突然出現在自己面前的姑娘，越發羞赧。

「妳腿受傷了，不要亂動。」蘇顯武皺眉訓斥。

楊心嵐臉紅了起來。「不用你揹著，我可以自己走。」

蘇顯武似是看出楊心嵐內心的想法，濃眉皺了起來，道：「妳不用擔心，這些都是我們府裡的人，不會有人多嘴的。等到了山下，我就把妳放下來，此事絕不會有其他人知曉。」

蘇宜思也連忙保證。「楊姑娘放心，我們什麼都不會說的。」

說完，見母親還要說什麼，她又繼續道：「到時候我與姑娘一起回府，就說是我陪著妳下山的，絕對不提三叔。」

聽到這話，楊心嵐的臉色好看多了。

見狀，蘇宜思放心許多。娘是什麼想法，她多少能猜到。接下來，蘇宜思在一旁問了問母親是如何受傷的，傷得重不重。

楊心嵐道：「我自己不小心弄傷的。」

提起此事，楊心嵐心中也有一絲疑慮，但，這些疑慮她沒必要跟面前這些陌生人說。

蘇顯武想，這姑娘就是個麻煩，爬個山也能摔到腿，既然這麼脆弱，就不要來啊。更讓人不解的是，受傷了不趕緊下山，非待在原地說要等什麼人。

若不是因為她剛剛見著他之後，嚇得摔倒了，又摔得嚴重了些，他絕不會多此一舉，揹她下山。不過，這姑娘心性倒是還算不錯，沒有說是因為他弄的。

「是我不小心弄的。」

「啊？三叔弄的？」蘇宜思著實驚訝。

因為這個回答，楊心嵐對蘇顯武的態度也好了幾分。雖說剛剛她再次摔倒是因為他，但最初受傷卻是與他無關的。

「不是，是我自己。」楊心嵐否定蘇顯武的回答。

蘇宜思越發迷惑了，這到底是怎麼回事啊。她本想繼續問的，可是瞧著二人的神色，怕是不想多說，她便住了口，沒再提。總之，等爹爹回家之後，她再問就是了。

又走了一段路之後，蘇宜思發現了奇怪之處。

「楊姑娘一個人上山的嗎？」

提到這個問題，楊心嵐頓了一下。她今日並非一個人上山，與她一同上山的，還有自己身邊的丫鬟小蝶和兩個家丁。

她扭了腳之後，家丁就去找抬她下山的東西了；至於小蝶，她當時說是要去找人來幫忙。

這三個人剛走，她就遇到蘇顯武。雖說她知道了蘇顯武的身分，知曉他不是壞人，可在深山裡遇到了外男，還是讓人害怕，尤其是想到蘇顯武之前對她的態度、對她說過的話，她本能的害怕，以至於不小心又摔倒了。

「不是，還有幾個家奴，他們去找人幫忙了，尚未回來。」楊心嵐無意與人多說，簡單回答了一下。

蘇宜思聽到有人陪著娘親，就放心許多，她真怕娘親一個人來爬山，這萬一出點啥事可怎麼辦。不過，也是她多慮了，娘親向來是穩妥之人，不會把自己置於危險之中。

蘇宜思這邊對楊心嵐的答案很滿意，蘇顯武那邊卻很有意見。

「嗤，我看這些奴才也該換了。主子受了傷，一個個跑得倒是乾淨，半天不見人影。等到了戰場上，怕不是也要做逃兵的。」

楊心嵐臉脹得通紅，掙扎了幾下，卻又被人說了。

「說了別動，下山呢，再動摔下來怎麼辦？」蘇顯武明顯不高興了。

聽到這話，楊心嵐這回紅的可不只臉了，還有眼眶。許是委屈太大，那眼淚來得也快，啪嗒啪嗒掉了下來，砸在蘇顯武的脖頸上。

蘇顯武意識到脖子上濕濕的感覺是什麼時，怔了一下，本想再說幾句，但在女兒的怒視下住了口。罷了罷了，他不能跟一個矯情麻煩又愛哭的姑娘計較。

「楊姑娘，我三叔在擔心妳呢。」

楊心嵐沈默。

「他不是個愛管閒事的人，是因為關心姑娘才會如此。」

蘇顯武覺得他這閨女藉口找得真隨便。

楊心嵐第一次見這種別致的關心人的方式。

一直到山腳下，蘇顯武和楊心嵐都沒再有任何的交流，全程只聽到蘇宜思小嘴一直呱呱的說話。一到山腳，遠遠瞧著像是楊家的家丁過來了，蘇顯武趕緊把楊心嵐放下，蘇宜思連忙上去扶住了她。

楊家家丁接走楊心嵐，蘇宜思本想跟過去的，但又找不著好的藉口，便止住了腳步。

等回到別莊裡，蘇宜思看著大口大口灌著茶的爹爹，心頭升起火氣。她屏退左右，讓人出去時把門帶上了。

「爹，您剛剛怎麼那樣說娘？」虧她上回還以為說動她爹了。「難不成這就是您關心人的方式？」

不，不對，她爹關心人的方式不是這樣的。畢竟，他對她就不是這樣。

蘇顯武又喝了兩口茶，看向蘇宜思。「妳確定那是我未來的媳婦？」

蘇宜思點頭。「確定，那就是我娘，我是從她肚子裡生出來的。」

蘇顯武露出狐疑的神色，仔細打量了一下面前的人，又想了想那楊姑娘的長相。這兩人真的有些神似，怪不得，他從第一次見到那個楊姑娘的時候就覺得眼熟，他當時還以為在哪裡見過她，原來是因為她跟小騙子長得像嗎？

可一想到那姑娘的性子，他著實不信自己會喜歡上那樣的姑娘，而且那姑娘明顯也很討厭他。

見小騙子已經準備好要說他了，蘇顯武倏地站了起來，道：「啊，對了，我突然想起，今日與修遠約好了，要去蹴鞠。時辰快到了，我先走了。」

說完，立馬就要走。

蘇宜思眉頭蹙得更深了。「爹，您還是少跟謙王接觸吧。」

蘇顯武知道，對於小騙子來說，有兩個人是說不得的，一個是楊姑娘，一個就是惹人厭的瑾王。再講下去他肯定把這倆都說了，她不知道又要怎麼念叨他。

「我先去了，妳自己慢慢玩。」一說完，像是腳底抹了油一般，飛快的跑了。

蘇宜思在後面叫了他幾句，他都像是沒聽到一般，消失得無影無蹤。

蘇宜思又氣又急。

不過，無論如何，爹娘總算是搭上話了，也算是進步吧。怎麼不見她爹幫別的姑娘呢？定是對母親也有感覺的。

只是謙王那邊……

唉。

年輕時的爹爹怎麼這麼難說通呢，該怎麼緩和她爹跟瑾王之間的關係呢？

一想到瑾王，蘇宜思突然就想到剛剛的事情。她好像忘了什麼事，又忘了什麼人……所以，那個突然出現的長得好看的男子去了哪兒？

她剛剛只顧著看爹娘了，倒是把他給忘得乾淨。

想到對方是瑾王的人，她爹又跟謙王走得比較近，她想，或許是他跟爹爹不太對盤，所以悄悄走掉了？思來想去，也就是這個原因了。

不過，這也不是重點。她認識的人裡面，也就只有這個人與瑾王有些聯繫了。雖說那人不太靠譜，但，他好歹算是瑾王的人。

蘇宜思在想衛景的同時，衛景也在想她。

「主子。」

衛景收回思緒，看向面前的盆栽，道：「說。」

「屬下查到謙王買通了楊姑娘身邊的人，來幫助他完成此事。」

「買通……」衛景喃喃說了幾字，腦海中再次蹦出一個身影。

「是，那人把楊姑娘的行蹤告知了謙王那邊的人。」

衛景看起來卻沒怎麼在意這句話，而是眯了眯眼睛，手不停的轉動拇指上的扳指。許久過後，方道：「你去查查蘇府從族中來的那個女人，越詳細越好。」

「是。」

嚴公公瞧著主子那一張冷臉，不自覺哆嗦了一下。

旁人或許瞧不出來，他從小跟在主子身側，自是瞭解他。

主子今日的心情不太好，他猜想，難不成是安國公府和禮部尚書府要結親？

可他總覺得不是。

主子不是挺喜歡蘇姑娘的嗎，今日瞧見那姑娘，都沒去打斷謙王的計劃，而是留在蘇姑娘的身旁。他遠遠跟著，沒聽到二人的對話，也不知他們究竟說了什麼，讓主子的態度一下子發生了這麼大的轉變。

難不成，那姑娘有什麼問題？
想到這一點，嚴公公心裡咯噔一下。
壞了，若真是如此，主子不知會氣成何等模樣。

一直到吃午飯的時候，蘇顯武都沒回來。
吃過午飯又睡了一覺，蘇宜思琢磨了一下，帶了一些東西去隔壁。經過了上午的事情，她也算是有藉口去找母親了。
大門打開後，下人們把她帶到正院裡。
瞧著年輕了幾十歲的外祖母，蘇宜思極力克制住自己，才沒讓自己撲過去。
「見過夫人。」
郭氏打量了一下面前的小姑娘，越看越覺得喜歡。
「好孩子，快過來。聽說今日是妳救了心嵐？」郭氏摸著蘇宜思的手，笑著說道。
也不知為何，一見這個小姑娘，她就覺得親切。
「嗯。我今日去爬山，正好遇到楊姑娘。」蘇宜思道。
「幸好心嵐遇到了妳，若不是妳，不知該怎麼辦呢。我本想著明日過去親自感謝妳，還沒來得及去，妳倒是先來看心嵐了。」

「您客氣了，我不過是舉手之勞罷了。只是不知楊姑娘身體如何，可有大礙？」

「沒事，大夫來看過了。」郭氏笑著說。

聽郭氏這麼說，蘇宜思就放心了。

隨後，蘇宜思又去看了楊氏。

楊心嵐一開始並不想跟面前的姑娘聊天，但，教養使然，她也不會太過冷落對方。兩人一開始就這麼有一搭、沒一搭的聊著。聊著聊著，楊心嵐發現面前的這個小姑娘跟她三叔完全不同，是個溫柔的好姑娘，兩個人的話也不自覺多了起來。

蘇宜思起先一直沒提蘇顯武，這會兒見她娘態度好了許多，便試探著說了。「其實，上一次楊姑娘誤會我三叔了。」

楊心嵐眼裡有一絲詫異。上一次？不就是早上嗎，她似是沒誤會他。

「那日在首飾鋪子門口，是我拉住姑娘，只是我當時穿的是小廝的衣裳，讓妳誤會了。」蘇宜思解釋。

原來是這事。楊心嵐回想那次的事情，怪不得，她當時就覺得那小廝有些不對勁的地方，這會兒聽到解釋，就全明白了。

「嗯，沒事。」

「我三叔他是個外冷心熱的性子，雖然有時候嘴上說得不好聽，但人是好的。」蘇宜思繼續道。

這回楊心嵐沒講話。

蘇顯武是個好人，這一點她承認。今日早上發生的事情，仔細回想，自己的反應也過激了些。不過，這種人，她還是不太想靠近，她也能感覺到，對方很是不喜她。

蘇宜思又講了幾句，瞧她娘反應平平，便不敢再說了，連忙轉移話題，說起旁的事情。

愉快的時間總是過得很快，蘇宜思感覺自己還沒說幾句話，禮部尚書府的下人們就來暗示，她家姑娘要休息了。

瞧著母親有些疲憊的神色，縱然再不願意，蘇宜思還是離開楊府，回了隔壁的蘇府。

吃完晚飯時，蘇顯武總算是回來了，蘇宜思又給他絮絮叨叨說了一大堆。蘇顯武左耳進，右耳出。對於楊氏的事情還能聽上幾句，可是一提瑾王，那臉色立馬就變了。

看那樣子，要他去親近瑾王是一件絕無可能的事。

兩個人不歡而散。

接下來幾日，蘇宜思又不停在蘇顯武耳邊說著楊氏和瑾王的事情。然後她發現，她爹似乎對她娘的反應沒那麼糟糕了。

因為，他在吃飯時突然問了一句。「楊姑娘腳傷如何了？」

聽到這話，蘇宜思激動得不得了，她之前說的話，總算是起了點作用了。

「爹若是不放心，親自去看看不就好了。」
蘇顯武瞥了她一眼，沒說話。
蘇宜思也意識到自己說錯話了。她爹就算是想去看，也看不了啊，外男進不了內宅。
「大夫說傷得不重，過幾日就好了。」
「嗯。」

衛景那邊，終於收到關於蘇宜思的資料。
看著面前薄薄的幾張紙，衛景冷笑了一聲。想他終日打雁，卻叫雁啄了眼。
這姑娘不知道從哪裡冒出來的，並非蘇家族中人，就連她的爹娘是何人也查不到。這身分，藏得著實好。與蘇顯武認識不過短短數日，就獲得蘇顯武的信任。到了京城中，更是憑藉著那一張與已故蘇姑娘相似的臉，博得了國公府的一致疼愛。
當真是好手段。
若說背後沒有人安排，他是不信的。
衛景的視線落在最後一頁紙上。原來，這次來京郊宅子，就是她提出來的，也是她攛掇著，讓蘇顯武也來到這邊，至於那日一早去爬山，亦是她的安排。
第一次見著禮部尚書府的姑娘，就上前去套近乎，想要撮合她與蘇顯武。那日爬山不過是第二次見面，卻熟悉得像是認識許久一樣。
怪不得她說話時一點漠北的口音都沒有。
怪不得她對國公府那麼熟悉，快速擄獲了所有人的心。
怪不得她那日要撮合容樂和那侍衛，原來是因為知曉了朝陽公主想與國公府聯姻，怕容樂搶走了蘇顯武。是了，蘇顯武娶了容樂能有什麼好處呢？還是娶了禮部尚書府的姑娘益處更大。
怪不得……她作為國公府的姑娘，卻不與蘇顯武站在一條線上，私下與蘇顯武吵架，處處維護他。
原來都是作戲。
呵。
這姑娘長著一張人畜無害的臉，卻做著一些心機深沈之人才能做出的事情。
想到初次見面時，那姑娘在私下與蘇顯武吵架時，維護他的那番話，衛景眼神瞬間變得凌厲，一揮手，桌子上的硯臺書籍全都散落在地上。
屋內侍奉的人全都跪在地上，噤若寒蟬。他們家主子發怒時的樣子，單是想想，就讓人恐懼。
屋內久久沒有一絲聲響，嚴公公試探的道了一句。「主子……」

換來的卻是一聲怒斥。「都給本王滾出去！」

嚴公公抬頭看了一眼主子的神色，心中一緊，連忙揮了揮手，讓人退下去了。最後，自己也退了出去，輕輕關上門。

等室內重新安靜了，衛景坐在身後的椅子上，閉上眼睛。

她不會是蘇顯武的人。

蘇顯武雖然有這樣的本事，但以他對他的瞭解，他不會做出這樣的事情。那混蛋雖然處處與他作對，但從來不搞陰的。

所以，一定是衛湛那廝，也只有他喜歡玩背地裡那一套。表面上和和氣氣，私底下陰謀詭計比誰都多。

蘇顯武定然也是被蒙在鼓裡，整個蘇家都被蒙在鼓裡。她應該是衛湛放在蘇家的棋子，目的自然不用說，定是用來影響蘇家的。

蘇家雖然與父皇關係親密，卻一直沒站隊。蘇顯武與衛湛關係好不假，但安國公卻沒表現出親近任何一方勢力。

她竟然是衛湛的人……是衛湛的人！

衛景感覺自己胸口有一口氣，上不來、下不去。

「五皇子明明是最和善的人，心地善良，待人寬厚……」

「說不定五皇子是有苦衷的。他生母去世得早，他在宮中一個人，無依無靠，活得艱難，甚是可憐……」

「五皇子從小就聰慧過人，有勇有謀，文武雙全。脾氣好、性子好、人品好。他平易近人，與人說話時，讓人如沐春風。他非常善良，會於危難之中解救弱小……」

「崇拜……」

原來一切都是在作戲。

這些話，從前有多喜歡，現在就有多噁心。他原以為自己躲在暗處，沒想到，自己的一舉一動都被人算計得清清楚楚。

衛湛還真是瞭解他，知道他喜歡什麼！

這一次還不是旁人硬按著他的頭讓他接受，是他自己主動靠近的。想到自己最近一段時間對這女人的關注，不自覺的靠近，衛景覺得諷刺極了。

看著他一步一步落入自己的圈套，想必衛湛心中得意極了吧。這回他真的是輸得徹底，輸得很沒面子，像隻猴子一般，被人耍著玩。從小到大，他還是第一次被人騙得如此深。

衛景緩緩睜開眼睛，眼裡是望不到盡頭的深淵。

敢騙他，就得做好接受他報復的準備！

蘇宜思雖然被她爹氣得不輕，每回都是不歡而散，但她心情卻不錯。畢竟，她最近都能見著娘親了。

可，這種幸福的日子沒持續幾日，國公府就來人了。

蘇宜思本想著只有自己的祖母，沒想到蘇嫣也跟過來了，除了她，還有二房的夫人以及她的女兒，蘇蘊芊。

從小，蘇宜思都沒見過幾回這個叔祖母，更何況早早出嫁的蘇蘊芊。

因著這一房的所作所為，蘇宜思見著她們，也沒有過分熱情。對方問話，她就答，對方不問，她就躲得遠遠的。

把人從門口迎進來後，大家就朝著正院走去。

蘇嫣瞧著蘇宜思的背影，叫住她。

「姑姑有何事？」蘇宜思問。

「沒什麼事啊。對了，妳瞧見了嗎，蘇蘊芊才是這個府裡正兒八經的嫡女，妳呢？不過是個孤女罷了，還是早些擺正自己的位置為好。」蘇嫣一副說教的口吻。

「多謝姑姑指教。」蘇宜思不待見二房，自然也不待見蘇嫣。

國公府好的時候，一個個來巴結，國公府沒落了，卻都躲得遠遠的。這等涼薄的人，還是離得遠些好。

到了正院，大家坐在一處說了會兒話，蘇宜思臉上的神情始終淡淡的。

蘇嫣瞧著蘇宜思的模樣，笑了，她瞥了一眼坐在上座的錢氏，又看向蘇宜思。「思思這是怎麼了，看到二嬸和芊妹妹不開心嗎？」

聽到這話，周氏蹙了蹙眉，看了庶女一眼。

蘇宜思站起身來，朝著錢氏和蘇蘊芊福了福身，道：「見著叔祖母和姑姑，我自然是欣喜的，叔祖母和姑姑來了，就有人能陪著祖母說話了。只是，我與兩位長輩是初次見面，真要是擺出一副激動的模樣，怕是會讓人覺得故作姿態。」

蘇嫣看了眼嫡母愉悅的模樣，冷哼了一聲。這個孤女，真的是能言善道，十句話有九句半不離祖母，慣會巴結人。

蘇蘊芊雖是嫡女，從前也是被蘇蘊萱壓一頭。如今幾年過去了，府中就只有她一個嫡女了，她自然覺得自己身分尊貴。只是這回回來，沒想到一個孤女，竟然隱隱成了府中最重要的姑娘。

這不是開玩笑嗎。蘇嫣都不配，她憑什麼？

「妳與我差不多的年紀，叫我姑姑沒得把我叫老了，以後還是叫我大姑娘吧。」蘇蘊芊倨傲的說道。蘇蘊萱死了，她不就是老大了嗎？

錢氏聽到女兒這麼說，也接著道：「可不是嗎，我才多大年紀，妳就叫我祖母了，快別叫了，叫夫人就行。」

沒等蘇宜思開口，只聽周氏說道：「嗯，弟妹和大姪女說得對。咱們畢竟分家了，思思是我們國公府的姑娘，跟妳們隔了一房。」

說完，又對身側的嬤嬤道：「吩咐下去，以後不要叫二夫人了，叫錢夫人。蘊芊就叫芊姑娘，就不走咱們國公府的序齒了。」

錢氏沒想到自家大嫂會說出這樣一番話，有些傻眼。「大嫂，不是……那個……」

周氏抬了抬手，道：「往後還是叫我國公夫人吧。」

「這個……」

「我乏了，妳們退下吧。思思，過來服侍。」

「是，祖母。」

「大嫂，大嫂……」

可惜，周氏像是沒聽到一般，朝著裡間走去，外間的嬤嬤也往外攆人。除了錢氏和蘇蘊芊，蘇嫣也被請了出去。

蘇蘊芊向來是個直腸子，被攆出來之後，就對蘇嫣道：「妳不是說她是個孤女，沒人護著嗎？妳看看大伯母護她護成什麼樣子了！蘇嫣，我看妳是故意的吧，故意挑撥離間！」

錢氏瞥了她一眼，不屑的說：「小娘養的東西。」

這二房向來是潑辣又沒有什麼禮數的，蘇嫣被人說得面上有些掛不住。等錢氏和蘇蘊芊走遠了，蘇嫣看向她們的眼神中充滿憤怒。等她以後嫁給簡王，一切都會好起來的。

瞥了一眼身後的正院，想到自己手中的證據，蘇嫣冷笑了一聲。她倒要看看那個孤女能得意到幾時。等到嫡母知曉她幹了什麼事，就不信嫡母還會護著她。

——未完，待續，請看文創風1069《三流貴女拚轉運》下

溫暖樸實、節奏輕快／夏言

2018年9月出版

靈泉巧手妙當家

說她癡傻，不過是靈魂走錯地方，忘記回家；
讚她聰明，卻是利用了前世經驗，占得先機。
且看一個小女子如何讓全家谷底翻身，
找到屬於自己的真愛……

文創風 673 1

打從有記憶以來，房言就在市郊的孤兒院裡生活，
即便沒人領養，也得不到關懷，她仍舊平穩地完成大學學業。
眼看人生即將翻開新的一頁，一場小睡竟讓她靈魂出竅……
左看右看，房言都覺得醒來以後的自己像個鄉下小丫頭，
更奇怪的是，明明她的腦袋再正常不過，旁人卻當她是傻子？
正當一切猶如墜入五里霧中時，一位白鬍老人現身夢境，
告知她那段在二十一世紀的經歷是命運簿出錯的結果，
魂魄回到大寧朝的她，再也無法像原先注定好的那樣當上娘娘！
面對這個現實，房言雖是哭笑不得，心裡卻有了想法——
既然她的未來已經變了模樣，那給點「補償」總不為過吧？!

文創風 674 2

有了能長出神奇野菜的「風水寶地」，房言說起話來更大聲了，
上自父母兄姊、下至族親同輩，無不以她的意見馬首是瞻，
就連見多識廣的合作夥伴，也得看她的臉色做事！
只不過，儘管各項吃食生意都按照計畫進行，一切也很順利，
一場家人紛紛遭遇不測的噩夢卻一直困擾著房言，
這不，那些一肚子壞水的傢伙一個個找上門，
不僅企圖扯她的後腿，甚至把主意打到她姊姊身上……
好啊，看來他們家只能不斷往上爬，變得更強大才能自保了！
只不過，當房言忙於拓展餐館版圖時，身邊悄悄圍繞了幾個人……

文創風 675 3

自從來到大寧朝，房言的生活裡幾乎沒有「不可能」三個字，
想讓全家過好日子，兩、三年就達標，甚至稱得上是富甲一方；
製作新機器、釀造葡萄酒，這些關卡沒能難倒她；
試圖在京城購地，不僅成功了，還順道買下一座漂亮的莊子；
期盼哥哥們在學業與仕途上能有所突破，他們沒讓她失望；
鼓勵姊姊勇敢追尋心中所愛，小倆口也有情人終成眷屬。
若說還有什麼不盡人意、讓她怒火中燒的，
就是那個表面上看起來單純，卻會去風月場所的臭男人！
房言不斷說服自己他們不過是關係好一點的「普通」朋友，
卻仍為此悶悶不樂，連她一向遲鈍的母親都發現不對勁。
更討厭的是，他竟然像個沒事的人，照樣找機會上門攀談！

文創風 676 4 完

雖然前後兩輩子加起來活了快四十歲，可是說到談戀愛這件事，
房言可是徹徹底底的菜鳥，經驗值為零，嫩到不行啊！
瞧，不過是誤會人家不正經，低頭道歉就沒事了，
她卻彆扭得像個不成熟的小孩，不僅手腳不知道往哪擺，
表情也僵硬得很，甚至讓對方替她化解尷尬，簡直失敗到家！
不過呢，俗話說得好：是你的就是你的，跑都跑不掉，
儘管花的時間長了一些，命運的紅繩依然緊緊繫住她跟他。
未來的丈夫有了著落，房言便心無旁騖地投身於工作，
展店、買地、擴充營業項目、改善菜色，可謂無往不利，
然而，人太出風頭，就會獲得「不必要」的關注……

2020年6月出版

菲來鴻福

文創風 852～853

不當廢柴的第一步，就是站、起、來！

看她小小庶女勇闖高門，把飛來橫禍變成天降鴻福！

灑糖日常　甜蜜無雙／夏言

從前世的噩夢醒來後，祁雲菲決定，今生不再任定國公府的人搓圓捏扁！
與其當個聽話的庶女，卻仍被父親賣到靜王府當姨娘，最後慘遭丈夫毒殺，
那不如先設法替欠下六千兩的父親還債，再伺機帶著銀子與親娘遠走高飛。
為了生財大計，她打算出門批貨做點小本買賣，卻撞上攔路劫色的惡霸，
幸好有人路見不平，這自稱姓岑的恩公大人，莫不是老天賜給她的福星吧？
遇到他之後，她的小生意似有神助，數月便湊齊銀兩，孰料禍起自家人——
掌家的伯父、伯母貪慕權勢，竟逼她入靜王府，和要嫁給睿王的堂姊同日出閣。
為保親娘性命，她咬牙嫁了，卻在掀蓋頭時當場傻住——
此處不是靜王府，眼前驚愕至極的岑大人變成了睿王爺，這到底怎麼回事？!
以庶代嫡可是死罪，且傳聞睿王是大齊最無情的冷面親王，她該如何是好啊……

為流浪貓狗加油 和貓寶貝 狗寶貝

廝守終生(一定要終生喔！)的幸福機會

對人來說，貓寶貝狗寶貝只是生活的一部分，但妳(你)對牠們來說，卻是生活的全部，領養前請一定要考慮清楚——

▲ 可甜可傻的雙蓮兄妹　蓮籽和蓮藕

性　　別：蓮籽是男生，蓮藕是女生
品　　種：米克斯
年　　紀：2歲多
個　　性：兩隻都天然呆、脾氣好
健康狀況：已施打兩劑預防針，有定期驅蟲
目前住所：新北市板橋區

本期資料來源：林姐中途喵屋

『蓮籽和蓮藕』的故事：

蓮籽哥哥和蓮藕妹妹是我們救援的孕貓當時生下的六胞胎之二（同胎都已送出），兄妹從小在志工們的關愛下長大，雖然膽小卻親人溫馴。為了幫牠們找到永久幸福的家，時常需跟著志工奔波跑送養會，所以看到外出籠都難免緊張啦！

個性溫和又穩定的兄妹幾乎沒脾氣，從小拍照總是一左一右自動靠在一起，好像只認定對方是唯一的同伴，難道是因為長相百分之九十九複製貼上嗎（笑）？所以，我們也捨不得這對朝夕相伴的手足被拆散送養，畢竟彼此有個伴比較快適應新環境，認養人也容易接手親訓。

「二哈」是兄妹給我們的印象，無師自通學開籠門、持續以後腿站立玩弄逗貓棒、時不時定格的專業素描模特，還很貼心地主動幫忙撕膠開箱包裹，是大家的開心果。當然也有反差萌的一面，會來磨蹭討摸，鎖定大腿再靜靜坐上好一會兒，就是這麼討人喜歡的個性，讓愛媽決心要幫牠們找到一輩子的家人。

想為自己的小日子添加傻眼、噴飯、噴飲料、嘴角下不來的……各種樂趣嗎？可先填寫自介https://reurl.cc/KpzYGp或林姐中途喵屋臉書私訊，務必來認識一下——臉上有顆西瓜籽的蓮籽和鼻孔有點點的蓮藕唷！

蓮籽

蓮藕

認養資格：

1. 認養人須年滿28歲以上，有工作能力，居住地以北北基、桃園為主，可以兩隻一起領養的家庭優先。
2. 飲食以早晚主食罐（濕食）搭配少量乾食。
3. 不關籠、不溜貓、不放養，並配合實施門窗安全防護措施。
4. 須同意簽認養寵物切結書。
5. 須同意送養人日後之追蹤家訪，對待蓮籽和蓮藕不離不棄。

來信請說明：

a. 個人基本資料：姓名、性別、年齡、家庭狀況、職業與經濟來源等。
b. 想認養蓮籽和蓮藕的理由。
c. 過去養寵物的經驗，及簡介一下您的飼養環境。
d. 若未來有結婚、懷孕、出國或搬家等計劃，將如何安置蓮籽和蓮藕？

文創風 1068

三流貴女拚轉運 上

國家圖書館出版品預行編目資料

三流貴女拚轉運 / 夏言著. --
初版. -- 臺北市 : 狗屋出版社有限公司, 2022.05
冊 ; 公分. --（文創風 ; 1068-1069）
ISBN 978-986-509-327-3（上冊 : 平裝）. --

857.7　　111005081

著作者　夏言
編輯　黃暄尹
校對　沈毓萍
發行所　狗屋出版社有限公司
地址　台北市104中山區龍江路71巷15號1樓
電話　02-2776-5889～0
發行字號　局版台業字845號
法律顧問　蕭雄淋律師
總經銷　知遠文化事業有限公司
電話　02-2664-8800
初版　2022年5月
國際書碼　ISBN-13　978-986-509-327-3

本著作物由北京晉江原創網絡科技有限公司授權出版

定價260元
狗屋劃撥帳號：19001626
網址：love.doghouse.com.tw　E-mail：love@doghouse.com.tw